인연_에 얽_힌

풍경소리

인연에 얽힌

풍경소리

허남순 제5시집
인연에 얽힌 풍경소리

국립중앙도서관 출판시도서목록(CIP)

인연에 얽힌 풍경소리 : 허남준 시집 / 지은이 : 허남준. -- 서울 : 한누리미디
어, 2012
　　p. ;　 cm

ISBN 978-89-7969-429-1 03810 : ₩12000

한국 현대시[韓國 現代詩]

811.7-KDC5
895.715-DDC21　　　　　　　　　　　　　　　　　CIP2012004099

인연에 얽힌 풍경소리

허남준 시집

한누리미디어

책머리에

모든 것은 인연으로 얽혀 만나면 헤어지고 다시 이별하는 가운데 우리 인간은 또 다시 새로운 인연으로 얽혀 살아가는 것이 아닌가 생각합니다.

2009년 4월에 네 번째 시집 《산행》을 발간한 데 이어 이번에 다섯 번째 시집으로 《인연에 얽힌 풍경소리》를 출간하는데 그간 60여 년 동안을 살아오면서 세상사 모든 것들이 각별한 인연으로 만나 많은 것을 깨닫게 하고 마음으로 느껴 보기도 하지만 내 마음대로 이루어진 것은 거의 없다고 생각됩니다.

그 동안 생각은 있었으나 인연이 아니 되어 그리움으로 남아 있었던 부처님 관련 성지 순례 계획이 마침 인연이되어 제천 복천사 주지 성문 스님, 허성구 법사님, 백영혁법사님과 배낭여행을 하게 되었습니다. 한 달여 동안 인도, 스리랑카, 네팔 등의 불교 성지를 순례하는 인연을 따라 고행 아닌 고생을 하면서 부처님 성지를 찾아 참배하고 무사히 돌아오게 된 것에 대해 다시 한 번 성문 스님과 두

분 법사님께 가슴 깊이 감사드립니다.

　더불어 여행기간 동안 체득한 감동과 함께 성지에서 수집한 자료들을 시 작품으로 정리하여 보았고, 인연에 얽힌 풍경소리와 같이 60여 년 간의 삶의 여적에서 인연으로 만난 몇 분들도 가슴에 늘 남아 있어서 인물시라는 형태의 작품으로 정리하여 보았습니다.

　끝으로 이 시집이 빛을 보도록 출판 비용을 일부 협조해 주신 (주)씽크론 대표이사 남영호 사장님과 텍스제닉 허영문 사장님께 깊이 감사드리며, 이 책을 보시는 독자 여러분께도 조금이나마 인연의 씨앗이 남아있다면 함께 하는 마음을 담아 행복으로 간직하렵니다.

2012년 8월

삼성산방에서 지은이

차례 Contents

책머리에 · 8
작품해설 _ 인연 혹은 불교적 상상력/ 유한근 · 161

I부 _ 목련꽃을 바라보며

목련꽃을 바라보며 … 16
풀꽃 … 18
북한강 파라호 … 19
열쇠전망대 … 20
북한 노동당사 … 21
휴전선 … 22
동작동 현충원 … 24
무명초와 풀꽃 … 25
가을과 겨울의 길목 … 26
가슴으로 피운 꽃 … 27
구담봉 … 28
내연산 수목원 … 29
대나무꽃 … 30
금호강 … 31
서산 중리포구 … 32
산책길 … 33
세월 … 34
김천교도소 수형자 기사를 읽고 … 35
무상을 넘어서 … 36
바람 … 37
문경새재 … 38
가는 세월 … 40
당진 왜목마을 해돋이 … 41

2부 _ 무상을 넘어서

백운산 고심사 … 44

고심사 영탑 … 46

수덕사 … 47

만공→원담 스님 사리탑 … 48

오대산 월정사 … 49

태백산 정암사 적멸보궁 … 52

사자산(獅子山) 법흥사 적멸법궁 … 54

여수 향일암 … 56

통도사 … 57

가야산 해인사 … 58

낙산사 해수관음상 … 60

조계산 송광사 … 62

3부 _ 인도 성지 순례

룸비니 … 66

왕사성터 … 67

기원정사 … 68

산치대탑 … 69

엘로라 석굴 … 70

아잔타 석굴 … 72

차례 Contents

영축산 ··· 74

죽림정사 ··· 76

나란다(NALANDA)불교 대학터 ··· 77

빔비사라 왕의 감옥 터 ··· 78

니련선하(NIRANJ AND RIVER) ··· 79

부다가야 ··· 80

부다가야 대탑 ··· 81

부다가야 대탑 보리수 ··· 82

전정각산(前正覺山) ··· 83

석가모니 고행상 앞에서 ··· 84

다메크 스투피다 탑 ··· 85

녹야원 ··· 86

아쇼카 왕 석주 사자상 ··· 88

부처님 다비장터 ··· 89

대림정사 ··· 90

갠지스강 ··· 92

쿠시나가르(부처님 열반상 앞에서) ··· 94

티벳 다람살라 · 1 ··· 95

티벳 다람살라 · 2 ··· 96

4부_ 스리랑카 성지 순례

미힌탈레 ··· 98

시기리아록(라이온성) ··· 99

갈비하라 3체 대불상 ··· 100

아담스 픽 … 101

스리미히 보리수   102

제타와 나라마 대탑 … 103

캔디 불치사 … 104

루반 발레세야 대탑 … 105

페라데니아 식물원 … 106

담불라 … 108

5부_중국 관음 성지 순례

상해 용화사 … 110

상해 옥불사 … 111

보타산 … 112

보타산 보제사 … 113

불정산 혜제사 … 114

보타산 남해관음상 … 116

낙가산 오백 나한탑 … 117

항주 영은사 … 118

황수만 대교 … 120

서호 … 121

항주 성황각 … 122

차례 Contents

6부_인연에 얽힌 풍경소리

권오현(충북 음성 고심사 상임지도법사) … 124

권재진(GS건설 상무이사) … 125

김범준(대원회 상임지도법사) … 127

김세언(전 2군사령부 예산담당관) … 129

김영석(경북 영천시장) … 131

김현태(예비역 육군 소장) … 132

남영호(주식회사 씽크론 대표이사) … 134

문효남(변호사) … 135

박근혜(전 새누리당 비상대책위원장) … 137

박창근(근창 크랭크 대표) … 138

박희도(예비역 육군 대장, 전 육군 참모총장) … 139

백영혁(예비역 군종 법사) … 141

송병욱(경기 분당 원명사 상임법사) … 143

신호향(전 마산 중앙고등학교 교장) … 144

우종철(전 한나라당 국장, 사업) … 146

이장유(평생교육원 원장) … 147

이종백(전 대구 관세청 국장) … 148

이한동(전 국무총리) … 149

장홍열(예비역 육군 중장, 전 조달청장) … 150

정하철(안중근 의사 숭모회 상임이사) … 152

최명준(전 불교방송국 사장) … 154

허영문(텍스제닉 대표) … 155

허창수(GS그룹 회장, 전국경제인연합회 제33대 회장) … 156

허홍구(시인, 전 요식업 중앙회 홍보국장) … 158

황연갑(전 마산 몽고간장 대표) … 159

1부

목련꽃을 바라보며

목련꽃을 바라보며/ 풀꽃
북한강 파라호/ 열쇠전망대/ 북한 노동당사
휴전선/ 동작동 현충원/ 무명초와 풀꽃
가을과 겨울의 길목/ 가슴으로 피운 꽃/ 구담봉
내연산 수목원/ 대나무꽃/ 금호강/ 서산 중리포구
산책길/ 세월/ 김천교도소 수형자 기사를 읽고
무상을 넘어서/ 바람/ 문경새재/ 가는 세월
당진 왜목마을 해돋이

목련꽃을 바라보며

봄이라 하지만
아직도 심술을 부리고 있는 계절
기지개를 켜면서 하품을 하고
뾰족뾰족 돋으면서 웃고 있지만
가슴앓이하며
활짝 핀 너에게
차마 바라볼 수가 없구나

침묵 속에 피고 진들
볼수록 아픔은
가슴에 묻어 두고
숨긴 슬픔은
가슴 속 계곡 사이로
북받쳐 오름을 터뜨리고 있는 지경이
내 차마 알 길이 없구나

아무 생각 없이 걷고 있는 길목
언뜻 스치고 바라보지만
그 무슨 말을 건넬까 하다가도
아름다운 꿈을 싣고 오는
수줍고 순결한

처녀
굳세고 씩씩한
청년
행복한 눈물의 바람

풀꽃

세월이 바람을 몰고
흙이 날아와
젊은 태양이 계절을 갈아입는
푸른 초원 넓은 들녘 풀꽃 하나
홀로 피어 긴긴 사연을 풀어내며
생각에 잠기는데…

바람에 꽃향기 휘날리니
벌과 나비 날아와
온몸으로 부비며 놀다가
날아가 버리니
황홀한 순간은 꿈으로 사라진 듯
그리움은 가슴마다 채워지는구나

아름다운 꿈을 싣고
피운 꽃잎도
세월의 바람을 이기지 못하고
소리 없이 떨어지는 순간
가슴 속 따뜻하게 품어준 땅
다음 인연을 기다리며
보듬고 감싸 안는구나

북한강 파라호

긴 역사의 두레박을 타고
흐르는 북한강
맨몸 갈갈이 찢어 타오르는
전쟁이 스치고 간 총성
곳곳에 흔적이 그대로 남아 있고
휴전선 넘어 발걸음을 옮기지 못한
북한강 물줄기를 바라보노라면
아직도 쟁쟁이 귓가에 들려오는 듯하구나

뜨거운 가슴에 흐르는 면면함이
흐름이 멈춘 그대로
생전 헤어진 핏줄의 모습
서러운 젊은 호국 영령들
목 놓아 부르는 피와 눈물의 호수
맑은 이슬이 가슴에 맺혀
굳이 말을 서두르지 않으면서
사랑으로 분노를 다스리며
흘릴 뿐이다
아~ 북한강 파라호

열쇠전망대

햇살이 흐르는 북녘 땅 마장리 마을
하염없는 생각 사이로 고요한데
맑고 시린 찬 이슬이 풀섶에 맺힌
복개 평야엔
조국을 지키다 산화한 장병들
한 맺힌 절규
한량없는 이 시공(時空) 속에
맑은 이슬이 가슴에 맺혀 흐르고
갈갈이 찢어 타오르는 총성이
소슬바람 소리와 함께
쟁쟁이 귓가에 들려온다

멀고도 가까운 북녘 땅 효성산
핏빛 노을이 마지막 숨을 거두면
전쟁이 스치고 간 비켜온 나날들
힘 앗아 짚어낸 젊은 영혼들
몸부림치는 눈빛이
적막강산에 떠오르는 달처럼
굽어보기도 하고
바람결에 실려온 풀벌레
울음소리도
한동안 생각에 잠긴다

북한 노동당사

총성이 멈춘 이 땅엔
울음의 소용돌이 속
역사의 유물로 남아 있는 건물
민족의 아픔을 아는지
곳곳에 총알이 스치고 간
상처만 무성하고
어둠 속 홀로 서 있는 모습은
지난 일을 내내 비탄해 하고 있는 듯하다

서린 역사의 건물은
가물거리며 잊혀가는 세월 속
이정표로 남아
가슴 속 찢어 타오르는
총성이 들리는 듯하고
허물어진 벽은
회한의 젊은 호국 영혼들의 울부짖음이
바람소리에 젖어 흐르고 있다

휴전선

마지막 불타는 노을이 지면
어두움이 찾아와
하늘이 땅으로 내려 질펀하고
민족의 비극이 되어 버린
휴전선 백오십오 마일 철책선은
무슨 말이라도 하면 좋으련만은
보안등 불빛만 말없이
울음을 삼키고 있는 듯하다

슬픈 역사가 흐르는 휴전선
조국을 지키다 가신 수없는 호국 영령들
무너지는 가치와 펼쳐지는 현실
영원히 벗어날 수 없는 이 땅
하늘과 땅을 치는 뇌성으로
울부짖는 듯하구나

수없는 세월이 흘러 버린 지금
잠들지 못하고 굳어 버린 녹슨 철조망
말을 잃고
눈빛 저리게 지울 수 없는 젊은 영혼
저버린 사람도 있지만

울음을 삼킨 호국 영령들은
눈물이 모여
북한강 한탄강 물이 되어
남으로 흘러
서쪽 바다로 말없이 흐른다

동작동 현충원

암울한 역사의 어둠 속
조국과 민족을 위해 바친 얼이
하늘의 별자리처럼 그대로 있고
멸(滅)하지 않는 정신이
이 땅에 뿌려지고 심었기에
저기 흐르는 한강 물 소리도
귀 담아 들리어 오는 것 같습니다

해 뜨고 꽃 피는 이 강산
역사는 뭐라고 기록하든
젊음의 싱싱한 숨결이
살아 움직이는 이 땅
수많은 인고(忍苦)가 그대로 긴 사연이 있고
쉼 없이 가꾸어 가는 이 자리엔
촛불 밝히고 향 피워
편히 잠드시길 기원 드리며
울음은 깊은 속으로 흐르고 있답니다

무명초와 풀꽃

흙이 인연 되어 자란 곳
한 떨기 꽃이 되어 피고 진들
스치는 바람결에
흙내음이 좋아
고향으로 돌아오는 것을

먼 산야에 한 점 구름 되어
새벽을 맞아
이슬이 되면
아침이 다가오고
석양 노을이 지면 저녁
눈뜨고 감음이
어이 나만의 뜻대로던가

어쩌다가 스쳐간 인연
머언 사념의 티끌까지
어울려 살다가 헤어진 것을
무얼 어쩌란 말이냐
하늘거리는 무명초와 이름 모를 풀꽃
하늘 한가운데 인연 되어
한 점 바람으로 오고 가는 것을

가을과 겨울의 길목

마지막 남은 잎이
한 잎 두 잎 떨어지고 있는 계절이 가면
가지 사이 끝에 걸린
저녁 붉은 노을 속 해는
하루를 가슴 속 담아
마지막 불태우고 있다

섞바뀌는 계절의 길목에 선
강가의 갈대숲은
세월을 벗어나지 못하고
푸른 하늘을 바라보며
흰 백발은 바람에 휘날리고
어둠 사리가 끼이면
청둥오리가 떼를 지어 날아간다
이윽고 풀벌레 울음소리 들리면
가고 오고 오고 가는 세월의 흐름에 앉아
생각하는 마음은
내 아직도 중생의 마음이란 집착에서
벗어나지 못한 탓이리다

가슴으로 피운 꽃

중생의 아픔이 나의 아픔이요
나의 아픔이 중생의 아픔이라는
동체대비(同體大悲) 보살의 사랑
어머니가 자신의 모유를 자식에게
먹이면서 바라보는 사랑
할머니가 평생 젓갈 장사를 하며 모은 전 재산을
어려운 학생을 위해 장학금으로 내놓은 헌신
자신은 단칸방 월세를 얻어 살아가는
중국집 배달원이 고아원 학생을
돕는 희생자가 있는가 하면
성직자가 자신의 소중한 신체 일부 신장을
흔쾌히 기증한 이 위 모두가
이 세상 가장 아름다운 사랑이요 보살행은
부처님 자비실천 사랑이며
어느 누구도 흉내낼 수 없는
가슴으로 피운 꽃은 완벽한 사랑의 꽃이다

구담봉
―충북 단양

제 깊이를 따라 흐르는 남한강
낭랑한 햇빛 아래
물결무늬로 번져가는 호수
그냥 그대로 몸을 내보이는 구담봉
계절 따라 제 모습 갖춰
도란도란 주고받는
산새소리 들으면서
그대로 제 자리에서 굳어진 지 오래인 것 같다

강 따라 흐르는 남한강 물
충주호에 갇혀 있지만
굳이 서두르지 않으면서
저마다 열정적으로 한 몸 되어
바람 따라 춤을 추고
차가운 돌로 굳어진 금수산 병풍바위
거암(巨岩)이 묵언한 자세로
깊이 잠들었다

내연산 수목원

해는 기울고 있는 쪽으로 넘어가는데
산그늘이 내리는 내연산 계곡은
안개밭이다
내 길인 줄 알고
걸어온 산마루 정상은
지나가는 바람 소리에
어제와 오늘을 묻고 있노라면
각양각색으로 피어오르다 흩어지는 구름은
가물거리며 몸부림치는 눈빛으로
화답하려 하는구나

하늘에서 가장 가까워지는 산정상은
계절 따라 제 모습 찾아들면
솔바람 소리도 쓸려가 버렸는지
무거운 침묵으로
허무와 사랑 자비
스스로의 깊이를 알아차리게 한다

대나무꽃

평생에 한 번 필까 말까 하는
대나무꽃은
아주 알맞은 계절
단조롭기만
당당한 가슴으로 붉게 피지만
꽃구름은 나직히
푸른 숲 속을 퍼지르고 있네

한겨울 눈보라 속
꺾이지 않고
푸른 잎으로 지켜 온
굳은 신념이지만
남에게 불필요한
고통을 주기보다는
비록 자신은 죽어가지만
홀로 피어 홀로 지는 것을 알고
열매를 맺는 것이다

금호강

깊은 강물은 말이 없고
흐르는 세월의 기슭에는
고목(古木)이 숲을 이루며
세월 따라 바람도 흐른다

넘어치는 강바람에
굽이굽이 인고(忍苦)가 그대로
긴 사연이 있고
오랜 몸부림으로 흐르는 강물은
그렇게 흐르는 것이다

강물은 근성대로 넓게도 하고 좁게도 하고
때에 따라 둥근 원으로 그려
대지를 만들고 나무도 가꾸며
이익과 허망하지 않는
세월의 흐름에 적응하고
부드러운 물결로 한데 모인 강물은
굽이굽이 물굽이 아홉 굽이
흐르는 민풍(民風)을 담아
낙동강으로 찾아 흐른다

서산 중리포구

산과 바다 솔바람이 어우러져
석양과 함께 펼쳐지는 바닷가
중리포구 풍경은
붉은 노을의 발자국 따라
떠 있는 조각배는
어부들의 고된 하루 일자리를
지켜 준 듯 떠 있고
잔잔한 은빛 물결 파도 소리는
영혼을 달래는 어두운 곳에서
외로움을 기어이 들려주려는 듯
내 가슴에 스며들어
한 생각을 헤아려 보게 하는구나

산책길

삶을 지극히 사랑하는
초록빛 나뭇잎노
세월 앞에 비켜가지 못하고
되돌아온 길로 가고 있는 단풍잎은
목숨의 무게만큼
흔들고 있는 가을바람에
잎을 떨군다

간간이 스쳐가는 바람결에
낙엽 쌓인 선정릉 담장길로
걷고 있노라면
푸른 창공에 떠 있는 둥근 달빛 아래
끊임없이 구름은 흐르고
때가 되면 나도 가야 하는
세월의 흐름을 느끼게 한다

세월

한 세상 살아온 세월
그 옛날 동반자들 그리워지고
회상에서 그려진 추억
내 안에 고스란히
진실이 묻어 흐른다

떠오르는 회상
지는 해 뜨는 달 바라보며
지내온 일보다
남은 세월이 작아 보이고
푸른 창공에 피어오르다
흩어진 구름을 바라보며
세상사 인생사도
바람에 실려가는 뜬구름 같구나

기도하는 마음으로
염원하고 열려 있는 지혜
먼 곳이 아니라 가장 가까이
내 마음 속
행복이 지나가는 길목
남은 세월이여

김천교도소 수형자 기사를 읽고

자신이 악한 일을 하고
그 갚음을 받는
소년범 십팔 명이 부르는 합창단 노래
후회도 소용없고
용서도 빌어봤지만 소용없고
사랑하는 내 마음
눈물로 드립니다
참회의 고백은
어린 수형자 한숨이 북받쳐
아리게 젖어 흐르는 눈물 빛은
가슴 속으로 스며들어
다시금 정화된
맑은 물이 흐르고 있는 듯하다

무상을 넘어서

영혼이 잠들지 못한 계절
무수히 별빛이 쏟아 내리는 밤
고뇌의 사슬은 점점 깊어만 가는데……

눈부시게 새벽은 밝아오면
풀잎에 이슬 맺히고 물들어 가는 단풍잎은
세월의 바람을 비켜가지 못하고
언제나 그리운 따뜻한 고향 땅 위
한 잎 두 잎 떨어지는 숨소리에
괴로움도 즐거움도 모두 놓으려는
그 자리엔
생사(生死)의 고난은
이미 없어진 것 같다

바람

목적지가 없는 바람
어디서 와서 어디로 가는지
보이지 않는 것이 훨씬 많음을
깨우치게 하고
미련 없이 돌아보지 않으며
자취를 남기지 않고
끝없이 달아나기만 한다

빈 손 빈 몸으로 오는 바람은
부딪치면 긴 한숨으로 몰아치고
돌아간 듯하다가도 다가와서
굳어 있는 내 마음을 흔들어 깨운 뒤
낮은 깊이를 더듬어 찾아
휘휘 제 갈 길을 찾아
떠나기만 하는구나

문경새재

산그늘 드리워진 새재 일 관문은
고독을 씹으면서 어둠에 묻히고
몸부림 덮치는 세월 속
잃은 지 오랜 관문 성채는
노을 속으로 날려 보내고 있다.

낭랑한 하늘 빛깔 아래
우뚝 선 기암괴석끼리 어울려
선경(仙境) 이루고
문장 열고 있는 이 관문(조곡관) 다리 아래
햇살이 풍경을 불러
수없는 길손들이
산새 솔바람 소리 들으면서
여기 이렇게 정담 나누고
잠시 쉬어 갔을지도 모른다

관찰사가 업무를 인수인계하였다는
교귀정은 자욱자욱 가슴을 짓밟는
추억을 더듬어서 그리움으로 이어지고
흐르는 세월이 버거운 노송은
무릎이 휘어진 채

생생한 역사의 흐름에
사무치는 그리움이여

산은 바위를 구르고
계곡물은 기슭을 따라 흘러
선녀들이 놀았던 용추폭포에 머무르니
버들치 피라미는
잎을 떨구어 버린 가지 끝에
저녁노을 걸려 있는 풍경을 즐기며
노닐고 있고
계절에 버거운 단풍잎은
가지 끝에 불어오는 바람에
숨을 몰아쉬고 있다

가는 세월

높은 산 깊은 계곡
끊임없이 출혈을 감수하며
토해내는 계곡물은
쉼 없이 흐르는데……
저 멀리 불어오는 솔바람 향기에
청아한 산새 울음소리에 가슴 채우고
빈손으로 잡아 놓은 한 생각이
가는 세월에 묻어 허공에다 흩어지는구나

부드러운 나뭇잎은
바람에 뒤집힐 듯 말 듯한 행동이
세월의 흐름 앞에 부질없는
티끌인 줄 알지만
인간의 마음 속 자리매김할려고
찾아드는 번뇌이지만
허공 속 잠시 머문 구름처럼
깨닫지 못한 한 생각이
세월 앞에 부질없는 인생사가
계곡물에 젖어 쉼 없이
흘러가고 있다

당진 왜목마을 해돋이

먼동이 어둠을 지우고
새롭게 열리는 하늘
솟아오르는 아침 태양은
생명의 환희가
서해 바다 왜목마을에
기원의 손길만도 뜨겁다

수평선 위 작은 섬 사이
영겁으로 이어지는 열정이
우리에게 힘을 부어주며
온갖 감격으로 뜨겁게 타오른다

바람도 잠을 깨지 않는
고요한 넓고 넓은 수평선을 향하여
만선의 꿈을 안고 출항에 나서는
고깃배 소리는
가파른 삶의 열정이
둥글게 장엄한 빛의 물결에
더욱 더 값지게 느껴진다

2부
무상을 넘어서

백운산 고심사/ 고심사 영탑/ 수덕사
만공→원담 스님 사리탑/ 오대산 월정사
태백산 정암사 적멸보궁/ 사자산(獅子山) 법흥사 적멸법궁
여수 향일암/ 통도사/ 가야산 해인사
낙산사 해수관음상/ 조계산 송광사

백운산 고심사

산은 산끼리 어우러진
백운산 자락
햇살이 풍경을 불러 모은 고심사
창건주 고심화 보살님 숨소리
세월 따라 흐르고

가슴에서 불어와
가슴으로 전하는 정법도량
권오현 법사님 독경소리가
영혼을 맑게 하는 가을 하늘처럼
들려온다

마주 보이는 저수지는
고심사 도량을 싸안아 바라보며
인적 없는 들녘은
비울 것을 훌훌 죄다 버리는지
보는 이로 하여금 향수에 젖어 있고

풍진 세상 지내다가
그 무슨 형상으로 드러낼 수 없는
영탑에 모셔진 영가들은

귀 기울이며
인연의 가지에서 뿌리로
고향은 언제나 원점(原點)으로

고심사 영탑

하늘이 차츰 가라앉아
숨소리 무거워지고
서산에 넘어가는 햇살이 아쉬워
물들어 가는 나뭇잎이 손을 흔든다

무슨 인연으로 지내다가
하늘 저쪽에서 오고 있는 발자국 소리
돌아오지 못할 길 뒤돌아보다가
떠나가 버린 사람아
세월은 그만한 걸음으로 가고 있는데
멀고도 가까운 하늘 아래 들리는 독경소리
눈 뜨고 감음이
어이 나만의 뜻대로던가

수덕사

한국 근대 불교 선승들의 법맥을
담고 있는 덕숭산 수덕사
침묵을 떨치다가
침묵으로 굳어지고
쉼표는 마침표로
물음표는 힘차게
그 정신을 놓치지 않으려는 힘과
무지개 빛 햇살이
그리움과 기다림으로 엮어지고
내 안에 일렁이는 작은 숨소리까지도
어두움을 흔들어
일어나게 하는구나

경허→만공→벽초→원담 선사님의
초롱 같은 구슬빛 선풍이
보이지 않는 것이 훨씬 많음을 깨우치게 하고
한국불교의 혼불이 되어
선명한 기억으로 사로잡아 오다가
불자들의 심장에 멍울져 흐르고
메아리쳐 밝히는구나?

만공→원담 스님 사리탑

땅을 딛고 넘어진 자
땅을 짚고 일어선다는
선사님의 법문
어둠일수록 살지어 비추는 빛처럼
살아가면서 역력한 소리결로
속속들이 들려오니
둥근 사리탑은 빙빙 도는 세월에
그 어디 머리 둔 곳이지
제 본향 그리워 찾아가는
세월 속 역사가 증명한 듯합니다

자신의 마음은 그 누구도
그 누구를 정화시킬 수 없다는
선사님의 법문
덕숭산을 휘감고 있는 구름마저
머무르며 빛이 흐르고
나는 새들조차 경청하며
생각에 잠기니
세월이 흐를수록
그리움의 이정표가 된 듯합니다

오대산 월정사

무수히 쏟아져 내리는 별빛
다섯 큰 봉우리가 합쳐신 오대산
부처님 정골 사리가 모셔져 있는 보궁이 자리잡고
해와 바람과 무지개를 가까이 만나고 있다
문수보살 성지이자
오만불 보살님이 머물고 있는 큰 봉우리마다
고개 숙여 합장하고 설법 듣고 있는 산
중생이 등불이 되어 주신 듯하다

전나무 잣나무 숲속
초록색 바람이 모여 노는 월정사
바람과 하늘이 드나들고
부처님 가르침대로
살아가려 애쓰고 있는 수행자 향기가
풍기는 도량
바람에 풍경 소리가 답한 듯하다

초롱초롱 빛나는 감로수 물결이 흐르는
일만 관음보살님이 머물고 있는
동대 관음암
어둠보다 더한 자비는 짙어

구천(九天)에 떠도는 소리도
천천히 새겨 듣고 헤아려 보게 하는구나

어두운 곳에 등불 밝히고
눈을 감거나 돌아섰다가
햇살이 돋아나는 남쪽 하늘
빛이 가장 많이 머무는 남대 지장암
일만 지장보살님 빛이
밤하늘 별빛이 하나씩 돋아나고 있다

생명은 생명으로 이어지고
영혼이 늘 깨어 있기를 서원하는 하늘
서대 염불암
일만 대새지 보살님이 머무는 곳
구도의 길을 걷는 어느 수행자
발자국 소리
아득히 들린 듯하다

구름 너머엔 하늘
보이지 않는 무엇이라도 있는
위로부터의 뜻을 두고

믿음의 마지막 힘을 북돋아 주시는
일만 미륵보살님이 머물고 있는
북대 상부암
일체(一切) 오도(吾道)는
잎이 지는 시간을 지켜보고 계신 듯하다

산새 솔바람 소리 들리는 곳
산정기를 마시면
안으로 조용히 숨소리 들린다
일만 문수보살님이 머문 중대 사자암
햇살과 바람과 지혜로움이
한꺼번에 가슴 속으로 스며든다

태백산 정암사 적멸보궁

겹겹이 병풍 이뤄진 태백산 숲속
주름진 골짜기마다
침묵으로 굳어진 바위들
메아리가 스며 흐르니
힐끔힐끔 바라만 본다
속세의 티끌 하나 의심조차 머물지 않는
청정한 도량엔
뒤도 돌아보지 않는 산바람 소리에
애꿎은 풍경만 몸서리쳤다
영혼의 순수성을 지키려는 듯
목탁소리 염불소리만 그윽하다

자장율사가 사용한
주장자를 꽂았다는 나무는
문수보살님 빛을 찾아 바라보고
빈 나뭇가지 울리는 칼바람 흰눈 사이
푸른 기상으로
천년 세월을 넘어
법열(法悅) 이루며
고독을 심고 있다

동쪽 천의봉 남쪽은 은대봉
북쪽은 금대봉 셋 봉우리
오색 구름 자락을 걸치기도 하고
온몸으로 찬 바람을 맞고 있는
극락교 건너 적멸보궁 수마노탑 위
총총히 박혔던 별들은
빛으로 높이를 정하고 어둠을 사른다

보탑은 셋이지만
금탑 은탑은 보이지 않는다
어디에 있는지 오직 모를 뿐
햇빛만 허락하는 수마노탑 보궁 위
잡힐 듯 걸린 은은한 달빛 아래
저마다 깊은 가슴을 열고
기도하는 불자님
칼바람도 흠집내지 못하고
역풍으로 몸부림치며 사라지는 바람이여

사자산(獅子山) 법흥사 적멸법궁

첩첩이 싸여 있는 사자산
굽이쳐 흘러 멈춘 자리
염원(念願)의 손길이 묻어 흐르는
천년고찰(千年古刹) 법흥사
떨쳐내지 못한
가슴 깊이 몰아쉬는 숨소리
지내온 세월의 발자국 소리를 듣게 된다

보궁으로 향하는 길목엔
저마다 숨결 죽이며 살아온 노송(老松)들은
세월 속 바람을 지켜보고
연하봉 벼랑에 봉안한 보궁을 향한
수행자의 염불 소리에
모든 욕망의 숲을 벗어난 듯
영롱해진 영혼이 가을 하늘처럼
맑아 보인다

자장율사가 수행하였다는 토굴은
영혼의 숨소리 들리는 듯하고
토굴앞 축대는 겹겹이 황혼만 질편한 듯
저렇듯 불어오는 바람소리에

비켜설 수 없는 제자리에서
빛을 내고 있는 듯하다

긴 역사의 두레박을 타고
보궁 뜰에 홀로
나름대로 남아 있는
장효절충대사 부도탑은
인연하여 왔다 가는
참배객의 뜨거운 가슴에
흐르는 면면한 얼이
아~ 천고(千古)의 샘
수행자의 길잡이여

여수 향일암

멀리 낯선 하늘이 열리고
한량없이 밀어닥치는 파도 소리에
남김없이 빛보라로 받아들이는
관음보살 자비 손길이
지난 서린 역사의 굽이마다
침묵의 숨결이 흐르고 있다

먼 바다의 드높은 하얀 파도 너머로
새롭게 떠오르는 아침 태양은
어둠에서 벗어나 붉은 빛으로
하늘과 구름을 응시하는
그림자 하나
관음성지 도량에 비치니
자비의 흐르는 물결이
순례객의 옷깃에 젖어 흐른다

통도사

영축산 산머리에 흰 구름 하나
만상(萬象)의 한 폭 그림으로 법열(法悅) 이루고
그 어디서도 찾을 수 없는
영롱한 별빛이 내려비친 자리엔
석가세존 진신 사리가 모셔진 보궁
천년 향기와 빛깔은
유난히 짙어 보인다

아늑한 금강계단 옆
구용이 살았다는 작은 구용지에는
세월의 흐르는 길목에서
빈 하늘을 응시하며
흐트림 없이 엄연한 침묵으로
불보 종찰을 바라보고 있구나

반월교 아래 흐르는 물은
눈물을 내비치면서도 울음을 흘리지 않고
제 깊이를 따라 흐르며
대지를 적시고 알곡을 영글어 가며
맨몸 갈갈이 찢어 타오르는 번뇌마저
돌아올 수 없는 길을 흘러가는 물결이여

가야산 해인사

가을철로 접어드는
가야산 계곡
빨갛게 익어가는 단풍잎은
굽이쳐 흐르는데
깊어가는 숲 속에서
솔바람 산새 소리 듣노라면
자비(慈悲)와 광명이 불타 오르는
영혼의 숨소리까지도
고뇌와 슬픔으로부터
점점 멀어져 가는 듯하다

법보종찰(法寶宗刹) 해인성지(海印聖地)
대적광전(大寂光殿)엔
기도하는 염불 소리
가슴 깊이 파헤치고
솟아오르는 눈물 빛이
불멸을 향한 수행자의 향기가
젖어 흐르는 듯하구나

낮은 곳으로 찾아 불어오는
바람 소리마저

장경각(藏經閣)에 멈추니
빛과 그늘이 자리를 옮기고
끊임없이 흐르는 자비의 손길이
가슴 속으로 젖어 흘러
영혼에 묻은 먼지마저 씻어 버리니
부처님 숨결에 한 발 더
가까워지는 듯하다

낙산사 해수관음상

쪽빛 바다 동해에서
갓 떠오르는 아침 태양빛은
머얼리 그어진 수평선 너머로
바라보는 부질없는 번뇌들은
하나하나 사라지는 순간
관음보살 자비(慈悲)스런 얼굴빛이
참배객의 옷소매에 스며든다

밤낮 없이 언제나 바다는
역력히 살아서 움직이고
지울 수 없는 관음보살 눈빛은
저마다 사무치는 가슴으로 스며들며
무량한 미소로움에
참으로 순박한 업(業)이
녹아내린 듯하구나

산불은 끝없는 바람을 몰고
쉬지 않고 달려들며
있는 대로 삼키지만
법력으로 물리친
홍련암 관음보살님은 말이 없고

내일을 향하는 중생들의 믿음에
결코 기적은 아니었다
끝없이 다가서는 그 너머
생명의 본연을 깨닫게 된다

조계산 송광사

안개 속 묻혀 버린
조계산 계곡물은 어디로 흘러가는지
숱한 세월이 굽이쳐 흘러 갔는데도
변색되지 않고 이어져 온
승보종찰(僧寶宗刹) 송광사는
봄이 가고 봄이 오니 주인공은 누구인지
미동도 없이
눈푸른 선승(禪僧)들의 구도 열기는
밤과 낮이 없구나

우화각, 침계루, 육감정 아래
수중보에 떨어지는 맑은 물소리에
기우는 해는 지친 몸을 쉬려는 듯
산등성이에 기대고 있는 풍경을 즐기며
노닐고 있는 물고기는
흐르는 세월의 깊이를
가슴 속 고이 삭히기라도 하듯
아가미로 심호흡을 들이키며
연신 물을 뿜어내고 있다

효봉 구산 선사님의 부도탑은

한국 근대 불교의 염연한 자취로 남아
그리움으로 남기고
새로운 이정표를 그린 듯
제자리에서 임자 없는 달빛에
녹아 흐르고 있다

보조국사님이 심었다는 나무는
겹겹이 황혼만 질퍽하고
모두 모두가 눈을 고쳐 뜨고 보아도
그 어디서도 대답한 기적이 없고
싸늘한 어둠에 묻히고 있는 나무는
다음 생에 환생을 약속한 탓인가
천년의 세월이 지나도
맨몸으로 무너지는 비바람을 맞으며
텅 빈 하늘을 응시하고 있는
어느 수행자의 청초함을 드러내고 있는
무상한 세월의 길목에 서 있는 그리움이여

십육국사의 영정이 모셔져 있는 국사전은
그 누구도 허물어뜨릴 수 없는
불법의 빛이

수없는 세월을 지내면서도
제자리에서 의연히 위치하고
수행을 하고 성전을 지킨다는
스님들은 뒤흔들리는 마음을 불사르며
사바세계의 어둠을 헤치는
손길이 보인다

3부

인도 성지 순례

룸비니/ 왕사성터/ 기원정사/ 산치대탑/ 엘로라 석굴
아잔타 석굴/ 영축산/ 죽림정사/ 나란다(NALANDA)불교 대학터
빔비사라 왕의 감옥 터/ 니련선하(NIRANJ AND RIVER)/ 부다가야
부다가야 대탑/ 부다가야 대탑 보리수/ 전정각산(前正覺山)
석가모니 고행상 앞에서/ 다메크 스투파다 탑/ 녹야원
아쇼카 왕 석주 사자상/ 부처님 다비장터/ 대림정사
갠지스강/ 쿠시나가르(부처님 열반상 앞에서)
티벳 다람살라 · 1/ 티벳 다람살라 · 2

룸비니

부처님께서 탄생하신 룸비니 동산은
보리수나무가 증명하는 듯하고
마야 부인이 목욕하셨다는
성스러운 연못은
억겁 속 흐르는 물이 꿈꾸듯
그리움만 더해가고
아쇼카 왕이 특별히 내린 면세령이 새겨진
아쇼카 기둥은
지난 세기의 흐르는 역사 앞에
증명이라도 하듯
순례객들의 간절한 염원 속에
하늘 높이 바라보며
따스한 햇살이 비추어지고
세존의 탄생하신 자리엔
수정 같은 밝은 빛이 어둠을 헤치고
영원한 빛으로 이어져 오는 듯
법의 향기가 솟아 흐른다

왕사성터

싯다르타 태자가 출가하기 전
머물렀던 왕사성은
세월 따라 가고 없는데
흐르는 세월 속 무너진 성터
찾을 수 없이 초원은 넓어져 있고
허물어져 있는 성터를 바라보는
순례객은
소매를 잡고 울먹이는 바람 소리에
고독을 씹으면서
그리움이 되나 보다

묵연(默然)한 자세로
깊이 잠든 성터는
보이지 않는 손으로 성을 지키고
쌓던 사람들은
어느 세월 속 가 버린 것일까
때가 되면 지워지고 허물어진 터에
무수히 쏟아져 내리는 별빛이
한량없이 너른 성터에 비칠 때
세월의 발자국 소리를 듣게 됩니다.

기원정사

수닷타 장자가 제타태자의
망고동산에 금을 깔으셨다는
망고동산 위에 최초로 지어진
기원정사를 참배하니
세존께서 25년 동안 머무르시며
드셨던 우물터며
최초 금강경을 설법하셨던 법의 자리와
아란존자 가섭존자 계셨던 승방이며
그 외 많은 제자들이 각자 승방에서
수도하셨던 자리엔
세월의 흔적에
무너진 낡은 벽돌만이 옛 사원의
그림자를 지켜 준 듯하고
보리수 가지마다 비집고 부는 바람 따라
순례객의 마음은
쓸쓸함이 맞대어 있으며
높은 하늘 속 떠 있는 구름은
마음 속 문이 열어 놓은 듯
부처님 숨결이 살아 움직이는 자리엔
엎드려 참배하니
침묵의 흐름조차
살짝 엿본 듯하구나

산치대탑

부처님 사리가 모셔진
산치대탑은
그 옛날 바른 길로 인도하기 위해
변치 않는 윤회의 진리 앞에
영상으로 되새겨보고
그리움으로 숨 죽여 합장하여 봅니다

대탑 주위 새겨진 조각상들은
세월 속 바람에 스쳐 가는 듯
향수를 떠나보내며
참배객들의 한 자욱 한 자욱 걸음걸이에
따뜻하게 감싼 듯하구나

왕릉보다 더 큰 대탑을 바라보며
수행자들의 승방터는
세월 속 한 자리에
고귀한 지조로 자리매김하는 듯하고
지난 역사의 회오리에
찬란한 에메랄드 빛들이
세월 속 바람으로
가 버린 그리움이여

엘로라 석굴

높지 않은 산
나는 새들도 지켜 본 듯
믿음 하나로 수세기 전
갈고 닦고 하면서 굴을 파고
부처님 형상을 다듬고 보듬어
많은 수행자들의 믿음으로 이루어진 곳
무엇으로 표현하기 힘든 님의 형상은
참배하는 이로 하여금
그늘진 가슴에 맺힌 업장이 녹아내릴 듯하구나

무수한 불상들이 수행하는 마음으로
조각된 불상들은 믿음으로 이어지고
수행하는 분들이 법을 논하는 곳이며
공양물로 드셨던 우물이며
모두가 생명이 다하도록 짙은 손길들이
영혼을 맑게 하며 새 삶으로
이어진 듯하다
많은 불상들 하나하나 수놓은 조각들이
조금도 파괴하지 않고
흰두교 조각석굴 차이나교 조각석굴들은
종교적인 화합으로 상징물이 된 듯

금세기에 보는 이로 하여금
가슴에 어두움이
옅어지게 하는 것 같다

아잔타 석굴

쌓였던 암벽들이 웅어리진 아픔으로
조각된 아잔타 석굴
무수한 불보살의 조각상들이 장엄한 것은
부처님 일대기를 보는 듯하고
일세기가 부족하여 또 일세기가 다하도록
이루어진 불사는
수천 년이 지나도 그 때 그 모습
변치 않는 불보살 조각상들은
많은 수행자들이 믿음 하나로
정성스럽게 다듬어진 일들
님 그리워 가까워진 불상 앞에
어둠은 옅어지고 거듭된 자비 광명이
가슴으로 다가오니
합장으로 고개 숙여집니다

벌집처럼 숨겨진 석굴 안은
믿음으로 접붙이고
줄줄이 이어진 석굴들은 수행자의
영혼이 감미로움으로 나타난 듯
빛 고운 불상마다
오색 무지개 향기 빛이 스며드니

마지막 열반상 앞에 닿으니
법의 빛으로 깨달음을 주신 것 같다

영축산

영축산 높은 곳엔
부처님 법운이 감아 돌고
일천이백 대중 앞에
부처님께서 최초 법화경을 설법하셨던 자리엔
순례객들의 불경 소리가 허공에 울리니
낮은 산봉우리들이 합장하고
고개 숙여 화답하니
허공에 흐르는 구름마저 잠시 멈추고
지켜본 듯하구나

세존이시여
높은 듯 담아 오늘도 많은 참배객들이
님이 남기신 자리엔
수세기가 지나도 참배하는 순례객의
마음은 하나로 이어지고 있으니
지나가는 바람도 잠시 멈추고
부처님 법문을 경청한 듯합니다

98세 노불자도 염주를 굴리며
일념으로 영축산을 오르니
분홍빛 구름의 그림자가 햇빛을 잠시 가려주며

푸르디 푸른 나뭇잎들도
옛 법운의 기억을 실바람에
답하여 준 듯하다

죽림정사

마가다국의 빔비사라의 발심에 의해
세워진 죽림정사는 십이년 동안
부처님께서 머무르셨던
사원은 간 곳 없고 세월은 흘러
그때 그 가람을 알려주려는 듯
대나무만 군데군데 왕성하게 자라고 있으니
덧없는 세월이
풀잎에 맺힌 이슬이 떨어진 것 같구나

허물어져 없어진 가람터엔
세월의 무게만큼 무상을 느낄 때
휘젓는 손길에 감전되어
어둡고 암담하게 받아들이는 마음은
빛바랜 지난날의 가슴에 젖어드니
물이 흘러 모여진 가람터 연못엔
연꽃만이 화답하고
지난날의 영혼의 불심이
새롭게 탄생하는 듯하구나

나란다(NALANDA)불교 대학터

5~6세기에 세워진 대학 건물 형태는
누너진 성터 모양 벽놀만이
옛 영화를 말하여 주는 듯하고
남아 있는 수만 평의 건물터엔
아직도 기다림에 햇빛이 비치니
떠도는 학문의 혼 목이 메이는구나

벽돌 하나하나 이루어
학문의 공동체를 형성하는 연구터며
진리의 수액으로 꽃을 피운 자리엔
벽돌마다 이끼 낀 초록빛이 솟아오르는 순간
동서고금의 책 향이 가득히
피어 오른 듯하다

형설의 공을 갈고 닦여진 자리엔
큰 듯 이루어진 것이 분명하고
학문의 전당 건물들은
타종교(이슬람교 12세기경)의 침략을 받아
허물어져 없어지니
암울한 먹구름이 앞을 가리고
맺힘과 다짐은 많은 사연을 생각하게 한다
아 슬픈 역사여—

빔비사라 왕의 감옥 터

부처님 정법을 수행하다
사교 집단을 보호한 죄로
일곱 겹이 넘는 문을 통과하는 감옥에 갇혀져
굶어 죽음이 다가올 때
위제 부인은 매일 목욕하고 온몸에 꿀을 발라
공양함으로 이백일이 넘도록
죽지 않았다는 감옥 터는
외로움을 작은 구름으로 띄우며
한갓 복수의 아픔 같은 것으로
흐르지 못한 순례객의 땀방울이
가슴에 맺혀 흐르는 역사를 대변하는 듯하고
부인은 영축산을 향하여
매일 기도와 눈물을 흘렸다는 말과
사후에 서방정토 극락9품
연화대에 태어났다는 이야기는
순례객의 가슴 속 깊이 별빛으로 쌓인다

니련선하(NIRANJ AND RIVER)

청청한 하늘 아래
육년 고행 후 수자타로부터
부처님은 유미죽 공양을 받았다는
레란자라 강은
물은 보이지 않지만
강 언덕에 자란 보리수나무는
증명이라도 하듯
뿌리를 더 깊고 더 넓게 자리잡아 가게 하고
잎들은 더 살찌게 화려하게 자라고 있으며
길상초를 깔고 있었다는 자리는
슬픔인지 승화인지
그 옛날 투명한 석가세존 숨결이
바람결에 사각사각 들리는 듯
사바세계 이치를
지금도 고요히 들어주는 듯한
느낌이다

부다가야

부처님 성도지인 보리수 나무 아래
금강보좌 마하보다 사원 대탑 주위에는
흑암 속에 빛이 있어
한 순간 황홀감이
새로운 길로 이어가는 듯하다

수많은 순례객과 참배하는 수도승들
대탑 앞에 엎드려 기도하는 모습은
보는 이로 하여금 업장이 녹아 땀과 눈물로
흐르는 듯하고
선율의 불경소리에 가슴 속 간직한 소원도
대탑 앞에 합장하고
꺼내 버리고 싶은 순간
따뜻이 손잡아 가슴으로 안고 가려는
세존의 높은 뜻과 말씀은
흐뭇한 기쁨으로 새겨질 때
하늘 높이 향연으로 피어오르니
오늘도 밀려오고 밀려가는
순례객의 머리 위에
밝은 창공에 별빛과 달빛으로 지켜본 듯하다

부다가야 대탑

높고 높이 솟아오른 대탑은
서린 역사의 굽이마다
청명함이 묻어 흐르고
뾰족하게 솟은 듯하면서도
부드러운 외형의 탑은
모든 것을 포용하는 정이 느껴진다

그 어디서도 느낄 수 없었던
그윽한 분위기는
하염없이 푸른 허공이 증명한 듯하고
탑에서 풍겨나오는 자애로운 빛들은
가장 낮은 곳으로 서려 있고
세존께서 주석하셨던 자리엔
어둠 속의 빛보라가
가득차 넘쳐 흐른 듯하다

부다가야 대탑 보리수

마하보이 대탑 보리수 아래
세존께서 성도하신
그때 그 장소 일세 보리수는
세월에 못이겨 사라지고
이세 보리수가 있는 스리랑카에서
아쇼카 왕이 전승된 삼세 보리수가
자란 그 나무는
대탑과 모두 침묵으로 일관
오직 순례객과 수행자들은
오늘도 끊임없이 역력한 소리결로
속속들이 들어오는 그 자리에
깨달음의 씨앗을 영글어 가는 빛을
일깨우게 정진하고 있구나

전정각산(前正覺山)

부처님께서 고행하기 위해
전정각산에 이르니
산신이 놀라 다른 곳으로 옮겼다는
전정각산은 지독한 외로움으로
고독하게 우뚝 서 있고
파랗게 솟아 오른 생명들은 어디로 갔는지
거칠어진 계곡마다 메마른 가슴으로
드러난 산 계곡은
응어리진 아픔으로 말하여 주는구나

부처님 고행하셨던 유형굴 안에
모셔진 고행상전에 참배하니
야위고 굳은 부처님 그림자가 비친 듯하고
아픔으로 간직되어 온 세월에
욕망으로 무디어진 육신과 마음까지
벗어난 듯하며
새롭게 잎을 내고 꽃을 피워
이어가는 인연인 듯하다

석가모니 고행상 앞에서

눈을 뜨고 일어선 높이로 보아도
온통 야윈 모습 그대로
남김없이 불사르는 고행상은
걷어낼 수 없는 장막 안에서
언제나 혼자서 긴긴 사연을
풀어내는 중생의 번뇌마저
떨쳐 버리고자 하니
어둠의 높낮이는 사라지고
참배하는 순례객은
날이면 날마다 눈물겹고
떨리는 목소리로 부르는
그리움으로 깊어지며
지내온 길은 하염없이
형상마다 원점으로 잡혀 오는구나

다메크 스투피다 탑

장엄한 태양이 가득 내린 땅
우뚝 솟은 탑
한량없는 시간 속으로 사라져가는
어두운 역사의 길목에서
외로움을 달래고 세월을 녹이는데
회상(回想)의 시간과 만나는
순례객의 발자국 소리에
세존님의 청아한 법의 음성은
흐르는 역사의 빛이 멀어질수록
무량하게 들리어 오는 것 같습니다.

쌓아온 탑 벽돌 하나 하나
저마다 사무치는 가슴을 열고
허허 텅 빈 하늘을 바라보며
보이지 않는 손으로 한줌의 햇살과
감추지 못한 경이로움인가

녹야원

고요히 이마 맞대어 합장하고
경청하는 오비구의 그림자 향기 나는
보리수 나무 아래
부처님께서 최초 다섯 제자를 향해 설법하신 녹야원은
먼 기억이 되살아오듯
법의 물결이 가슴에 고여 흐른 듯하고
그때 그 장소에 세워진 다메크 불탑은
하늘 높이 떠 있는 새털구름이
잔잔한 미소로 웃음 지으며
침묵으로 화답하려 하는구나

다섯 수행자들을 첫 대면하신
영불탑 차우칸디 불탑은
세월의 영욕 속에 힘겨워하고
고요히 변함없는
깨달음의 이치를 담고 있는 성지는
평화로운 청푸른 하늘이
보듬고 지켜 준 듯하다

아쇼카 왕이 면상했다는
다르지까 불탑은

아득한 어둠 속 오늘의 불빛을 바라보게 하고
옛 사원의 가람터엔
허물어져 있는 벽돌들은
낯설음을 지우고 있다

아쇼카 왕 석주 사자상

그리웠다 중심 잡으러
높이 높은 석상 위
누구도 넘보지 못한 너의 울림
오랜 역사로 남아서나
흔들리지 않는 무엇이 있으랴
구도의 길이 되돌리지 못한
추억의 그리움으로 엮어지고
순례객의 가슴 깊숙이
타오르는 불꽃이
무거운 침묵일 뿐
높은 하늘을 향해 웅크리고 있는 너의 형상
바람 따라 들려오는 소리
허공에 달과 별들은
순례객의 머리 위에 자리잡고 있다

부처님 다비장터

부처님 다비장터를 참배하는 순간
땅위로 높이 쌓여 있는 사리탑은
수행자들의 이정표가 되고
고뇌하는 수행자의 자리는
거센 침묵의 상처가
곳곳에 흔적으로 보이지만
순례객의 행렬에서
온몸에 고독과 허무가 맺혀 흐른다

드높은 하늘 아래
법의 향내가 밤낮을 가리지 않고
스쳐가는 인연 따라
참배하는 순례객의 소매 끝에
이어지는 순간
환희의 햇살이 쏟아지고
얕은 중생의 마음도
숨 가쁘게 밀려오는
가슴 속 메아리로 변하여
흐느끼고 있다

대림정사

세존께서 사바세계 마지막
법문을 남기신 사원은
염연한 자취로 남은 가람터에
저버리지 못한 그리움은
형상마다 원점으로 잡혀오고
저마다 어둠을 밝히는
순례객의 가슴엔 되짚어 오른
숨결이 세월의 난간인가 보다

부처님이 목욕할 수 있도록
판 연못이며
원숭이가 발우에 꿀을 공양한 일하며
모두가 세월에 못이겨
저마다 못을 박고 울부짖는 그리움
어둠 속 눈빛 따라
회상이 되나 봅니다

릿차비국에 재앙이 들 때
부처님과 제자들이 직접 방문하자
비가 내려 전염병이 사라진 데
감사의 표시로 왕과 백성이

희사한 사원은
허물어진 벽돌마다
어둠을 헤치는 손짓이 보이며
떨리는 목소리로 부르는 바람소리까지
나를 앞질러 비켜가고 있다

갠지스강

삶과 죽음이 공존하는 강물은
낮은 곳을 찾아 느리게 흘러가지만
생명의 존속과 성장을 위해
강물에 목욕하고 물 속의 태양을 바라보며
합장하고 기도하며
강물이 흐르는 곳을 바라보며 숨을 거두고
강가에서 화장한 뒤 한줌 재가 되어
강물에 돌아가는 것을 영광으로 생각하며
살아가는 인도인의 아픈 속울음을 삼키며
쉴새없이 흐르는 갠지스강
그러나
세월의 강물은 우쭐대지도
자랑하지도 않지만
많은 사람들은 차별 없이 평화롭게
흐르는 강물 위에 꽃잎도 뿌리고 촛불도 켜서
강물 위에 흘러 보내며 각자 소원도 빌고
영원한 행복을 위해
배 위에 노래와 춤을 추고 하지만
인도인들의 끝나지 않은 기쁨과 슬픔을 삼키며
수많은 사연을 담아
오늘도 성스럽게 느껴지는 갠지스 강물은

돌아오지 않는 길로 묵묵히
더 넓은 곳으로 감아 놀며
흐르고 있다

쿠시나가르(부처님 열반상 앞에서)

거룩타 세존이시여
님의 열반하신 그 모습 그 자리엔
쌍림나무는 간 곳이 없고
수많은 제자들이 지켜보는 가운데
서방 정토를 바라보시며
고요히 누워 있는 모습은
사바세계를 떠나지 않은 모습이며
한 줄기 맑은 법의 기운이 흐르는 듯하구나

님 그리워하는 수많은 수행자들 자리엔
바람처럼 가버린 세월 속에
쌓였던 빛바랜 벽돌만이 허물어져 누워 있고
구름 덮인 하늘이
순례객의 마음을 더욱 더 무거워 하는가 봅니다.

무수한 나뭇잎들도 열반하신 님의 자리 앞엔
고요히 숨죽여 화답하고
이름 모를 푸른 풀들도
아픔을 간직하여
지난 세기의 흔적을 잊으려는 듯
슬퍼하고 있구나

티벳 다람살라 · 1

인도 성지 순례 온 지도 몇십 일 지났건만
바람은 옛 향기에 취할지 모르나
세월의 흔적에서 그리움만 더해 가고
다람살라 티벳 망명 정부 정착촌엔
히말라야 산맥에 뜬 구름이
망명정부 옛 향기를 말해 주는 듯
가끔 창공을 높이 나는
큰 새의 날갯짓은
내 고향 부모 형제 그리움의 손짓으로 보이며
대한민국 도깨비 식당에서 먹어본 음식은
어머님 손맛에 젖은
향수의 마음이 가슴 속으로 흐르는 듯
내 고향 달빛에 젖어 흐르는 수묵의 그림자도
히말라야 산맥 높은
흰 눈 사이 봉우리에 비치니
창공에 맑은 흰 구름만이
그대의 마음 따라
대지에 해가 돋고 히말라야 산맥에
해가 지는 붉은 구름만이
가슴 속 담고 간 듯하다

티벳 다람살라 · 2

히말라야 산맥 높은 고지엔
깊고 준엄한 계곡마다
허물어진 상처만 가득하고
티벳 망명정부 정착한 다람살라
뿌리 없는 물속처럼 깊어 가는데
나라 잃은 맺힌 인연 풀 길 없어
가슴 깊이 파헤치고
솟아나는 눈물 빛이
원수의 숨결에 내보이는
자비의 손길이 보인다

겹겹이 쌓인 봉우리마다
영혼이 잠 깨어 홀로 있는 듯하고
가슴 출렁이는 망명정부 난민들은
얻는 것도 잃는 것도 더 없는데
벙어리 가슴으로 하늘을 바라보니
손꼽아 기다리는 세월이
그리움에 젖어 울지도 못한다

4부

스리랑카 성지 순례

미힌탈레
시기리아록(라이온성)
갈비하라 3체 대불상/ 아담스 픽
스리마하 보리수/ 제타와 나라마 대탑
캔디 불치사/ 루반 발레세야 대탑
페라데니아 식물원/ 담불라

미힌탈레

잡힐 듯 바라보는
미힌탈레 바위언덕
아쇼카 왕의 아들 마힌다 왕자로부터
부처님 법을 전승 받은 곳으로
미힌탈레는
그리움을 신화로 쌓아 올리고
휘청이는 풍경으로 비켜선
참배객들은 1840계단을 밟으며
옛 그리움의 불법의 자취를 찾아
하늘 위에 그리어진 듯한
정상까지 도달하기 위해
업보의 땀방울을 흘리면서
성지를 둘러보고 나앉는다

시기리아록(라이온성)

정글 속 치솟은 바위를 두고 있는
아름다운 궁성터는
낡은 벽돌만이 옛 성터를 말해 주는 듯하고
오늘도 당당하게 발걸음 옮기지 못하게
눈길을 주는 것은
큰 사자가 웅크리고 앉아 있는 듯한 바위는
말할 수 없는 가슴에
솟아오른 눈물을 머금고
어울려 굴러가는 순례자의 발자국 소리에
귀를 기울이며 하늘을 쳐다보고 있다

몇 번이고 쉬지 않고
바위 위를 2400계단을 밟아 오르는 순간
인생이 모두 작아 보이며 보잘것 없는 마음이
힘 없는 내 마음 속에 머물 때
부처님 자비가 사바세계에
끈질긴 인연으로 인도하는 것 같다

갈비하라 3체 대불상

파라크라 마비후왕이 건립한
갈비하라 사원은
세월의 역사 속에 허물어진
벽돌 조각은 옛 사원의
그림자들이 대변하는 듯하고
바위에 조각된 불상과 입불상은
순례객의 힘들고 어려움을
답변이라도 하듯 미소로만 지켜보는 듯하며
부처님 열반상을 나타내고 있는
와불상은 서방세계를 저버리지 못하는
노을 속의 빛들이
내 마음 속에 일렁이는
어두움의 구름까지도
하늘을 열어
곱디 곱게만 비치어지는 듯하구나

아담스 픽

높은 산 고지에는
부처님 법운이 감아 도는 듯하고
산 아래 계곡을 감아 도는 호수에
은은한 흰 구름이 묻어 있는 곳에
하늘이 내려와 서서히 가슴에 스미는
고독에 젖어 사무친다

산비탈마다 끝이 보이지 않는
초록 향기 가득한 홍차 나뭇잎은
따뜻한 햇빛에
수줍은 어린 속잎이 솟아나고
군데군데 청량한 폭포수가
흐르는 곳에는
여행객의 번뇌를 씻어 내리는 듯
천혜의 자연환경이
추억으로 자리매김 하는구나

스리마하 보리수

BC 245년 인도 부다가야에서
옮겨온 것으로 전해지는 보리수 나무는
수 천년 세월이 이어지고
진리의 수맥으로 가지마다 뿌리내린
옛 영화의 그리움으로 달래며
화려하진 않지만 무수한 보리수 잎들은
푸르름으로 가득 채워져
추억의 향기가
진리의 빛이 자리매김하려 한다

따뜻한 햇빛이 흐르는 사원엔
기쁨으로 다가오는 자비물결이
넘쳐 흐르고
맑은 샘물이 고여 있는 연못은
수없는 고기들이 자유로운 몸짓으로
노닐고 있으니
나그네의 마음조차 은은한
향기로 젖어 흐른다

제타와 나라마 대탑

잡힐 듯 바라보는 청푸른 하늘 아래
그대로 제 자리에서
부처님 정법이 빛나고 있다

한 세기의 한가운데 우뚝선 탑은
쌓아 올린 사람은
불탑과 함께 다하지만
지난 세월을 모질게 이겨낸 대탑은
수없는 고난과 역사 속에
당당하게 남아 있는 그 모습
이 땅에 불법이 영원하기를 염원하고 있다

탑은 움직인다
움직이는 탑은 언젠가 무너지는가
순례객은 어떤 탑신 밑 주춧돌이 되려는지
무너지는 허무한 세월에 흐르는
바람을 만나 보았는가

캔디 불치사

캔디 동쪽 호수에는
수많은 물고기들이 노닐고 있으니
보는 이로 하여금 안정을 되찾게 하고
높은 산 고지에 불상이 모셔져 있으니
캔디 도시를 지켜준 듯
초록 향기가 흐르며
부처님 치아 사리가 모셔진 불치사는
저마다 소원을 위해
향 사르고 꽃을 공양 올리니
본연의 마음 속에 번뇌도 끓듯
알 수 없는 새들의 노래 소리와 함께
화답하고 즐거워하는 그리움이
하늘 높이 맑게 떠 있는
흰 구름이 증명하고 있는 듯하다

양지 바른 사원 입구에
불교기가 물결치고
참배하는 불자들 가슴엔
빛 고운 신앙심이 따뜻한 미소로
화답하는 듯하며
버거운 인생 무게를
불치사에 풀어 놓은 것 같다

루반 발레세야 대탑

인생의 수레는 멈추지 않고 돌지만
힘들고 지쳐 쉬고 싶은 마음이 멈추어진 곳에
달빛처럼 지켜보고 포근한
루반 발레세야 대탑은
중생들의 길 잃은 이정표처럼 보이고
깨달음의 이치를 담고 있는 듯하다

역사의 혼이 담겨진 조각상들은
바람에 향기 뿌리는 보리수나무 잎들이 증명하고
수행자들이 머무르며 있는 곳엔
빛깔 고운 흙들이 지켜보는 듯
높은 탑 우뚝 선 대탑은
석사 세존님의 높은 진리의 법운 빛이
넘쳐 흐르는 듯하구나

페라데니아 식물원

가슴을 타고 흐르는 강물은
돌과 바위를 구르며 소용돌이치다 멈춘
강변에 자리잡은 천혜의 땅
상할라 왕실의 정원이었다는
페라데니아 식물원은
수분과 지분이 묻어 흐르고
맑은 물소리 바람소리까지 살아 움직이니
텅 비어 있는 하늘을 향한 식물들은
생각 없이 옛 향수에 젖어 흐르는 듯하다

동양에서 가장 큰 식물원답게
한 그루 벤자민 나무는
소담스레 가지가지 휘늘어져
오백 평 가까운 면적을
해맑게 자리잡아 그늘을 만들고
요동 없는 깊이로만 뻗어 나가는
여유로움

수많은 식물들은
제 그림자 길게 자랑하고
침노를 당해도 성내지 않으며

서로 어울려 정담을 주고 받는 가랑잎들은
손을 흔들며 기척없는
세월을 보내고 있는 듯하다

담불라

승화 못한 원한이 거대한 바위산은
높은 곳에 고독을 삼키고
꽃이 되어 법열(法悅)에 이르며
엄연한 자취로 남은 석굴사원 법당 안은
갖가지 불보살 조각상들이 만들어진
담불라 사원은
스리랑카 국민들의 불심을 엿볼 수 있으며
BC 1세기 때 세워진 사원 건축은
지난 세기의 불법을 지킨다는 수행자들은
뒤돌아보면 먼저 떠나고
세월이 흐를수록 바라보는 사원은
영롱한 빛이 제자리에서
무지개가 서게 된 듯하구나

5부

중국 관음 성지 순례

상해 용화사/ 상해 옥불사
보타산/ 보타산 보제사/ 불정산 혜제사
보타산 남해관음상/ 낙가산 오백 나한탑
항주 영은사/ 황수만 대교
서호/ 항주 성황각

상해 용화사

삼국시대 오나라 손권이 어머니를 위해
창건된 사원은
세월의 무게만큼
겹겹이 황혼만 질퍽하고
지내온 날들을 회상하게 한다

세월이야 권한 밖이지만
염연한 지표로 남은 용화탑은
몇차례 흩뜨림 없이 뼈를 맞춰
이제 허물어진 기억은 찾을 수 없고
알맞은 그리움으로 남아
장구한 역사의 이정표로
증명하려 한다

잡힐 듯 바라보는 탑 꼭지엔
불법의 빛은 무너뜨릴 수 없고
탑을 쌓아올린 사람은
역사의 뒤안길로 쓸려 갔지만
발 끝까지 들려오는 진동은
밤낮없이 홀로 외로움으로
갇혀 있는 듯하다

상해 옥불사

선종(禪宗) 제일의 불심이 가득한 명찰
신해혁명 때 옮겨온 사원은
그 누구도 뜻대로 아니 되는
불법(佛法)문화의 불씨를 살려 놓았지만
역사가 고달픈 몸으로 찾아온 듯하다

티끌 세상 잊는다고 도량에 이르니
왕생극락 바라는 스님들 염불소리
대웅전 석가모니 불상은
높고 엄숙한 자세로 말이 없지만
가슴에 귀를 모으면 가늘게 들리는 소리에
꽃바람 타고
자비의 물결이 소리 없이 다가온다

가을 하늘처럼 맑은 옥으로
조성된 불상은
구만들 황금물결 헤치고
모든 욕망으로부터 벗어나
영혼의 기쁨을 심어주는
물결의 길을 인도하고 있는 듯하다

보타산

해천 불국 보타산은
물 흐르듯 흐르는 세월 기슭에
하늘을 향해 가슴을 열고
세 개의 큰 사원과 팔십여덟 개의 암자
일백사십여덟 개의 기도원이 있는 도량
이천 명이 넘는 수도승은
흐르는 세월에 밀려 그리움으로 남기고
쉼 없이 생멸하는 시간 속에
끝없이 윤회하는 실상(實相)은 어디인지
인연하여 왔다 가는 어느 원점(原點)에서
긴 역사의 두레박을 타고
퍼 올리는 성스러운 땅이여
천고(千古)의 샘
불보살님의 문화여

*송나라 때 매령산을 보타산으로 개칭하였다 함

보타산 보제사

덧 없는 이 시간을 넘어
세월을 넘어선 사원
원통보전 관세음보살님은
참배객의 긴긴 사연을
영원히 가슴 속에
살아 있는 법을 인도하니
머리 위 흰 구름 두어 송이 피어 있구나

관음보살이 방생하였다는
해인지 연못에
노닐고 있는 물고기는
서산에 넘어가는 햇빛이 아쉬워
자유분망하게 움직이고
저버리지 못한 그리움의 날개는 빛난다

열 개의 전각 열두 개의 누각
열일곱 개의 당과 네 개의 문
삼백여 칸의 가람으로 구성된 사찰
되돌릴 수 없는 역사의 강(江)을 건너
일부 복원된 가람은
빛을 가꾸는 손길이 보인다

불정산 혜제사

산은 적막함으로 오히려 가슴 깊이
사무치는 산문(山門)이 보이고
구름은 산야를 타고 돌아
혜제사 도량으로 휘감을 때
눈물보다 더 진한 업(業)장이 녹아 흐른다

장엄한 태양이 불정산에 비치면
크고 작은 봉우리마다
푸른 잎은 오관이 살아나 하늘거리고
정상 숲속 산길 따라
혜제사 천왕문 앞에 이르니
저마다 사무치는 창문을 열고
영혼을 달래는 순례객들
한량없는 이 시공(時空) 속에
사무치는 그리움이여

명대 승려 원해가 창건한 사원
불정산 산자락 따라 배치한 가람이
규칙이 없으나 구심력(求心力)은
잃지 않는 도량으로 가꾸어져 있고
송대의 명승 진각선사를 비롯한

일산 일녕국사 죽선 인광 태허 원조 고승 법사님을
배출한 사원
구름을 헤치고 나오는 달처럼 밝아 보인다

*명나라 시대 승려, 송나라 시대 승려

보타산 남해관음상

세월이 몇 굽이 주름잡는 동안
해조음(海潮音)은 몇 날이며
바람소리 드나드는 숨소리는 몇 번인가
머얼리 그어진 수평선 너머
낙가산을 바라보고 계신 관음보살님
부서지다가 얽설키고 만
파도 소리 들으며
어제의 마음이 오늘의 마음인 것을
만인의 이정표로 남아
자비 도량에 주인이 되신다

오죽이 어우러져 물결 이루고
일본으로 가기 싫어
황해 바다에서 옮겨온
관음보살님은 말이 없고
지울 수 없는 바위 계곡 그 자리엔
살아 움직이는 황토 바닷물은
어이 할 수 없는 제 몸살로
부딪히는 큰 혼란에도
흔들림이 없구나

낙가산 오백 나한탑

산빛과 구름과 바다가
어우러져 있는 낙가산은
계곡마다
메아리가 스며 흐르고
가슴으로 불어와
숨을 고르고 있는 불보살님 숨소리가
눈과 귀를 밝게 해 준 듯하다

흘러가는 구름의 소리결은
법륜을 굴리는 터전으로
올려 쌓기만 한 오백 나한탑은
빛 보라로 샅샅이 어둠을 쓸어내면
빈 하늘이 가득 채워지고
탑신 위 관음상은
순례객의 마음 따라
잔잔한 꽃물살 되어 흐른다

항주 영은사

중국 선종(禪宗) 십대 고찰 가운데 하나
사원 입구 파괴된 석불들은
참배하는 불자들의 가슴 속
멍울로 남겨지고
선령이 숨어 있다는 숲속은
물소리 바람소리 이름 모를 산새가
화답하는 듯하다

청나라 강희제는 운림선사(雲林禪寺)라
명하였다는 사원
삼백 명이 넘는 수도승과
일천이백 개의 선방과 가람은
옛 영화를 말해 주는 듯하고
천왕문 대웅전 오백 나한전은
옛 모습 갖추어 복원하였지만
그리움만 더해 간다

송나라 때 조성된 미륵불은
참배하는 불자들의 희망의 끈을 이어주며
천년을 뛰어 넘어선 모진 세월 속
그 누구도 허물어뜨릴 수 없는

팔각 구층탑과 경당(經幢)은
저마다 슬픔이란 슬픔은 가셔진 지 오래고
의연한 위치에서 자리매김하고 있다

*문화혁명 때 파괴된 석불

황수만 대교

세계적으로 가장 긴 대교
길이만 사십칠 킬로미터
이 거대한 대교 위
질주하는 속력의 파장 속에 갇히면
내 균형의 모든 것은
바다 위에 떠올라 있기만 하다

허허 끝이 보이지 않는 바다 위
눈길을 돌려보지만 잡히는 곳마다
인간은 죽음을 한 번 생각하지만
살아 있다는 하나의 생각이
오늘 이 시간 순간 스쳐 가지만
바다 위 대교로 달리는 속력은
그래도 나는 아직도 살아 있다는 것이다.

*영파는 장개석 주석의 고향

서호

항주 서쪽에 위치한 호수
달과 흰 구름도 띄우고
실바람 가볍게 스쳐가면
팔랑거리는 이파리 그대로이고
물빛을 바라보노라면
낮은 숨 소리로 하나가 된다

삼십 만 명이 희생된
피와 땀 눈물의 호수
외로움을 달래고 세월을 눅이는데
물은 제 깊이를 알고
울음을 흘리지 않으려 몸부림 치며
그 옛날 슬픔과 고통을
잊어 버린 그 모습이여

바람 소리 듣고
흰 구름 바라보고 있노라면
별과 달도 녹아 흐르는
은빛 물결 속 풍경
이백 서동파 백낙천도
그리는 그리움이여

*소동파, 백낙천, 이태백의 고향

항주 성황각

일어나 제 모습 갖추어
중국 사대 누각이라 부르지만
그리운 손길은 찾을 수 없고
햇빛이 만들어 낸 그림자처럼
역사는 싸늘한 어둠에
묻히고 갈 뿐이다

모진 풍상 굽이 돌아
그때 그 장소에 우뚝 선 누각엔
동쪽엔 첸탄강 북쪽엔 항저우 시가지
서쪽엔 시후호를 볼 수 있는
휘감은 풍경
뭇 인재들은 꿈을 안고 굽이 돌아
형상마다 원점으로 찾아온다

6부

인연에 얽힌 풍경소리

권오현(충북 음성 고심사 상임지도법사)/ 권재진(GS건설 상무이사)
김범준(대원회 상임지도법사)/ 김세언(전 2군사령부 예산담당관)
김영석(경북 영천시장)/ 김현태(예비역 육군 소장)
남영호(주식회사 썽크론 대표이사)/ 문효남(변호사)
박근혜(전 새누리당 비상대책위원장)/ 박창근(근창 크랭크 대표)
박희도(예비역 육군 대장, 전 육군 참모총장)/ 백영혁(예비역 군종 법사)
송병욱(경기 분당 원명사 상임법사)/ 신호향(전 마산 중앙고등학교 교장)
우종철(전 한나라당 국장, 사업)/ 이장유(평생교육원 원장)
이종백(전 대구 관세청 국장)/ 이한동(전 국무총리)
장홍열(예비역 육군 중장, 전 조달청장)/ 정하철(안중근 의사 숭모회 상임이사)
최명준(전 불교방송국 사장)/ 허영문(텍스제닉 대표)
허창수(GS그룹 회장, 전국경제인연합회 제33대 회장)
허홍구(시인, 전 요식업 중앙회 홍보국장)/ 황연갑(전 마산 몽고간장 대표)

권오현

—충북 음성 고심사 상임지도법사

대중불교 운동에 젊음을 바쳤던 그는
(재)대원정사 이사, (사)대원회 이사장을 역임하였고
(재)대한불교진흥원 사무국장
불교방송국 전무로 마감하였다

육군 초대 군종 법사로 임관한 뒤
주월 백마부대에 파견된 그는 전선에 불안한
장병들의 정신적인 등불이 되어 주기도 하였다

지금은 충북 음성 고심화 보살님이 창건한
고심사에 머무르며 지난 힘든 일 모두 내려 놓으려 하며
남은 세월은 바람에 몸을 맡긴 풍경소리에
소멸시켜 가고 있다

나와 함께 그림공부를 할 때는
좀처럼 속마음을 내보이지 않는 그는
선후배 정에 젖어 흐르고
화합을 중요시하는 마음은
북한강 남한강이 조화롭게 흘러가듯
풍요로워 보인다

권재진

−GS건설 상무이사

경북 북부지방 영주는 충북과 경계를 두고
소백산 자락이 자리잡고 선달산 계곡을 타고
흐르는 내성천 맑은 물은 영주 시가지로 흘러
낙동강으로 찾아 흐르는 곳이
그의 고향이자 자란 곳이다

앞만 보고 외길로만 걸어가는 그는
정부 조달청 국가 공무원으로 주요 조직을 두루 거쳐
대구지방 조달청장으로 공무원 생활을 마감하였다

국내 굴지의 GS건설회사
임원으로 몸담고 있지만
어렵고 힘든 일도 세상 살아갈수록
고통도 기쁨으로 승화시키고 있는 듯하다

파도처럼 밀려왔다 가는
젊은 한때가 남은 것은 추억의 그림자이지만
아들 두 명이 그 어려운 의과대학을 나와
사람의 생명을 다루는 참 아름다운 결실을
맛보는 그는 행복의 웃음꽃을 피우고 있다

주일마다 깊은 신앙심으로
교회에 나가지만 튀는 신앙인이 아닌 그는
가을 햇빛에 잘 익어가는 고개 숙인 벼처럼
속으로 소화시켜 겉으로 뿜어 나오는
얼굴빛이 황홀하다

김범준

―대원회 상임지도법사

청자빛 불빛이 얼비치는 부산항
빛으로 높이를 정하고
어둠으로 넓이를 가늠하는 영도 앞 바다
그의 향수가 젖어 흐르는 곳이다

군종 법사로 임관한 그는
아픔과 슬픔이 될 수 있는 성직자로
꽃이 피고 향기도 피울 수 있는 조직생활에
온몸을 쏟아 부은 적도 있다

지금은 대원(장경호 동국철강 창업자)거사 불교 대중화
생활화 실천을 목표로 한 대원불교대학
상임법사로 마포 도량에
정법을 전파하며 등불을 밝히고 있다

서울 마포 도량 보라매 도량 부산 도량은
믿음과 원력 꿈을 안고 울리는 범종소리 들리는 곳
부처님 가르침을 펼치고 있는 그는
도심 곳곳에 불법을 전파하는데
혼을 쏟아 붓고 있다

아무쪼록 노력하시는 법사님도
어둠을 가르는 등대불처럼 외롭지만
뿌린 만큼 좋은 열매 거두시길
합장합니다

김세언

－전 2군사령부 예산담당관

잠시 머물다 흩어진 구름처럼
실 따라 걸어가는 나그네처럼
관동팔경 하나인 경포 호수에 젖어드는
달빛에 그리움으로 젖어 흐르고 있는 강릉이 그의 고향이다

강원 치악산 계곡 맑은 물 흐르고
황금 소나무 숲이 군락으로 이루어져 있는 원주
초등학교 시절 이후 달구벌 땅 대구에서 성장하였다

국가 안보 조직에 한평생 몸담아 온 그는
조직생활을 그만 둘 무렵
몸은 이미 만신창이 되어 일주일에 세 번씩
병원을 오가며 신장투석으로 눈물겨운 생명을
이어가고 있다

꽃 피는 봄도 알고 지나가는 가을도 알지만
젊음을 조직사회에 온 몸 부딪치며 지내온 시절은
눈이 펑펑 쏟아져도 두려워하지 않고
어려움을 고난의 꽃으로 피워보기도 한 그는
이제 금호강 흐르는 물결처럼 세월에 순응하며
살아가는 그의 얼굴은 맑은 꽃향기처럼 향기가 흐른다

늘 문을 활짝 열어 놓고
생활하는 그의 마음은 묵은 향기 바람에 소멸시켜가며
평화로운 웃음으로 손을 내미는 사람
오늘도 낮은 실바람인 듯 신선한
여유로움을 보이고 있다

김영석

－경북 영천시장

경북 영천 민선 시장은 임기를 마친 적이 없기에
시민에게 불신과 미움의 대상이었다
그런데도 고향 발전은 내가 적임자라는 그는
제 본향 금호 출신이며
어려운 민선 시장이 되었다

하늘이 금호강을 안고 낮은 곳으로 흐르듯
몸을 낮추어 시민에게 귀를 열어
이야기를 듣는 그는
어둡고 소외된 곳을 가슴으로 보듬으면
반드시 알아준다는 신념을 가지고
시민에게 꿈을 심어주고 있다

믿음 없는 시민이라 하여도
지역이 낙후되었다 해도
부정부패와 담을 쌓고 성심을 다하고
금호강 줄기 따라 이루어진 평야처럼
열린 가슴으로 받든다면
언젠가는 든든한 팔공산처럼 믿고 우뚝 일어설 것이다.

김현태

문화 예술이 꽃피는 도시
논개의 혼이 담겨 흐르는 남강
촉석루 지붕 위 둥근 달빛이 흐르는 경남 진주는
꿈을 품고 자란 그의 고향이다

비록 키는 작아 보이지만 알찬 옥수수처럼
빈 곳이 잘 보이지 않으며
경상도식 표준말은 (안 그랬소) 언제 들어도
거북하지가 않은 것 같다

문민정부 시절 군의 최고 꽃이라 할 수 있는
야전군 사단장(육군 소장) 재직시
탈영병 사고로 마음을 잠시 무겁게 한 적도 있지만
병역 미필자가 군을 얼마나 알기에
그놈의 권력이 무엇인지 알 수 없는 일

육군본부 전력기획부장(소장)으로 전역한 그는
중동부전선 야전군에 몸담아 젊음을 불사르며
못다 이룬 꿈은 적근산 백암산에 불어오는
바람에 소멸시키니
캄캄한 밤하늘에 별이 되어 빛난다

지난 과거 무거웠던 야속한 세월보다
내 영혼 다 사그러드는 불꽃으로 살아가는 그는
가슴 속 계곡을 타고 흐르는 남강에 비친
저녁노을 구름처럼 아름답다

남영호

—(주)씽크론 대표이사

조선 비운의 왕 단종임금의 한이 서려 있는
청령포가 바라보고
방랑 김삿갓 시인의 무덤이 있는 곳
봉래산이 자리잡고 유서 깊은 강원 영월은
맑고 맑은 남한강 상류 청정한 동강이
그의 가슴에 묻어 흐르는 고향이다

명확한 두뇌력으로 업무를 추진하지만
가슴 한쪽에는 늘 푸른 새싹이 솟아 오르는 듯
부드럽지만 깡마른 그의 몸매에
선율처럼 살아나고 있는 듯하다

운동을 좋아하는 그는
건전한 스포츠 정신에 두뇌를 밝히고
사업을 구상하는 그는
소리 없이 깊은 강물처럼 여유롭다

솔향기 풍기는 풀벌레 울음소리 들리는
고향은 멀어도 노모를 생각하는 마음은
찰랑찰랑 물결치는 동강에 젖어 흐르는
둥근 달빛처럼 젖어 흐른다

문효남

—변호사

대검기획관 감찰부장 대전고검장
대구고검장 부산고검장으로
검찰 핵심 부처를 두루 거쳤으며
지금은 변호사로 법무법인에 몸을 담고 있다

누구도 신뢰하지 않는 유혹의 정치권에 입문하지 않고
법조인으로 체통과 인격을 갖추어 나가는 그는
정도만을 향하여 가는 것 같다

업무적으로 빈틈이 없는 성격이지만
가슴으로 흐르는 정은 늘 낮은 곳으로
향하는 분이었다

오륙도 푸른 어깨 넘실 넘실거리는 부산항
무역선 이별하는 갈매기 울음소리 들리는 항구
그의 고향이자 자란 곳이다

교육자이자 문학가인 노모님을 생각하는 마음은
목이 멘 뻐꾹새 울음소리 들리는 듯
가슴 속 한가운데 자리잡고 있는 듯하고
흐르는 세월에 순응하려는 그는

한 걸음 한 걸음 옮기고 있는 그의 마음은
보름 달빛 속 청푸른 밤하늘처럼 넉넉해 보인다

박근혜

—전 새누리당 비상대책위원장

조국 근대화를 위해 부국을 꿈꾸고
한평생 몸을 바쳤던 선대
천년을 살아도 자취를 남기지 않는 학처럼
청와대 뜰에 목련 나무를 심고 가꾸었던
어머니(불명 대덕화보살)의 그늘 아래
교육을 받고 성장하였다

성실성과 신뢰, 국민과 약속을 중요시하는 그는
늘 가슴에 담고 있는 듯하다
대구(달성군)에서 정치에 입문하셨고
의회정치를 정의롭게 하는 그는
국민의 행복과 희망의 꿈을 심어주기 위해
대권을 향해 노력하고 있다

부정과 부패, 사상과 이념 진흙탕 속
정치인은 신뢰를 잃어가지만
국민에게 꿈을 안겨주는 그는 분명히
북한산은 그를 품고
굳은 바위처럼 우뚝 일어설 것을
나는 그를 믿는다

박창근

—근창 크랭크 대표

고향은 늘 떠난 그때 그 자리에 있는 금오산 자락
낙동강 굽이 돌아
근대화 전자산업이 꽃피는 도시
경북 구미가 그의 고향이다

대기업에 근무한 적도 있지만
농기계 부품을 생산하는 공장을 운영하는 그는
많은 사람들에게 신뢰감을 심어주고 있다

그를 만나면 뭉클하게 엉켰던 마음이
뻥 뚫려 가슴이 편안하게 해 준 듯하고
아픔이 될 수 있는 평소 업무도
부드러운 마음으로
격식 없는 대화로 풀어 나간다

이제 모든 것 정리할 나이지만
서두르지 않는 그는
사업을 다져 나가는 모습과
헛손질 없는 회사를 이끌어 나가는 품성이
산이 열리고 오늘이 열린 듯
걸음걸이가 더 한층 여유롭다

박희도

-예비역 육군 대장, 전 육군 참모총장

천리길 찾아 흐르는 낙동강변
풍요로운 꿈 가득 품고 있는 경남 창녕 들녘
하늘이 내리고 힘은 땅에서 솟아 오르는 곳
그리워하는 그의 고향이다

뜨거운 가슴을 식혀가며 선이 굵고
큰 걸음 말 없이 걸어가는 그는
육군사관학교를 졸업하였다

온몸 지치고 힘들어도 아련히 깊은 꿈
속으로 삼킨 그는
전후방 주요 보직을 두루 마친 후
육군 참모총장(대장)으로 전역하였다

전역 후 공직 자리도 탐낼 법하나
사자가 굶어 죽어도 나물을 먹지 않는 듯
걸맞는 자리가 아니면 돌아보지 않는 그는
조금도 흐트러짐 없이
무관 출신답게 독야청정하며
천년 노송이 외롭지만 피우는 천리향이
하늘 가득 피어나고 있다

늘 국가를 사랑하는 그는
곧고 굳은 마음이 큰 바위처럼 믿음직해 보인다

백영혁

-예비역 군종 법사

강원도 인제군 서화면 천도리
맑은 실개천이 흐르는 공기 좋은 곳
그림 같은 연노란 벽돌집 지어 놓고
노모님을 모시고 멋지게 살아가는 그는

한때는 성직자로 조직 생활에
아름다운 빛깔 좋은 향기도 맛 보았고
고통도 기쁨으로 승화시켜
행동이나 말과 글 모두가 한결같이 명확하였다

이제 농부를 자처하는 그는
그늘진 모습의 그림자는 대암산 골짜기에
불어 오는 바람에 소멸시켜 가며
중·동부 전선이 코 앞에 보이는 곳에
용서할 줄 아는 나이가 되었다

태양에 그을린 얼굴
자유를 만끽하며 밀짚모자 눌러 쓰고
한때 부처님 법 따라 살아가고자
강원 춘천의 명문 고을 나와 동국대학교 불교학을
전공한 그는

힘들고 지친 한 잔 술잔에는 꽃향기가
가득하다.

송병욱

—경기 분당 원명사 상임법사

금정산 선찰 대본산 범어사는 그리움이다
초등학교 시설 가사장삼 법복을 입고
대한민국 초대대통령(이승만 박사) 본 사찰을 참배하였을 때
화환을 들고 환영한 일
당대의 고승 하동산 스님 문하에 수행한 일
모두가 갓 피어난 연꽃 속의 그리움의 물결이었다

해군 군종 법사로 임관한 법사님은
푸르디 푸른 바다에 근무하는 장병들 가슴 속
일어나는 파도를 잠재우기도 하고
해군 역사상 가장 많은 법당을 건축하였고
최초 불교 해군 군종감(대령)으로 전역하였다

전역 후 박사학위도 받았고 불교방송국 상무로
공직생활을 마감하고
지금은 맑고 장엄한 범종소리 울려 퍼진
경기 분당 원명사에서 포교에 전념하고 있는 그는
늦은 밤까지 희망의 불을 밝히고 있다

늘 몸을 낮추고 성심을 다하여 받드는 법사님도
노력하고 뿌린 만큼 좋은 인연 맺어지길 손을 모은다

신호향

—전 마산 중앙고등학교 교장

대구에서 자랐으며 경북대학교를 졸업하고
ROTC 초급 장교로 임관한 그는
중서부전선 휴전선
익어가지 못한 열매도 될 수 있고
향기 넘치는 열매도 될 수 있는 책임자로
조직생활에 온몸과 혼을 불태운 적도 있다

일찍이 교육계에 몸담아 온 그는 젊음을 바쳤고
하늘도 바다로 내려앉아 있는 듯
돗섬이 가물거리며 보이는 곳
마산 중앙고등학교 교감과 교장으로
교직을 떠날 무렵
세월을 비켜가지 못한 그의 머리는 흰 백발이었다

멀리 별빛이 흐르는 바닷가
소주 한 잔 드는 그는
외롭지 않는 파도소리 들으며
가슴으로 가르친 많은 제자들이 가는 곳마다 인사를 하고
경상도 사투리로(선생님 별고 없지예) 안부를 묻는다

자존심과 품격에 젖어 흐르는 그는

얼굴빛이
활짝 핀 한 송이 꽃이었다

우종철

ㅡ전 한나라당 국장, 사업

송화가루 바람에 흩날리며
낙락장송이 팔 뻗어 어우러진
태백산맥 중심인 경북 봉화가
그의 고향이며 자란 곳이다

대구에서 고등학교를 졸업하고
서울에서 대학을 나와 옛 민정당 공채로
정계 입문한 그는 국장으로 공직 생활을 마감한 뒤
사업과 학문을 넘나들며 열심히 활동하고 있다

웅진대학교 겸임교수와 중국 연변대학교
객좌교수로 학문에 열정을 쏟아부어가며
문학에도 관심이 많아
북한산을 바라보며 몇 권의 소설과 저서를 펴내기도 하였다

황금 소나무 그늘 아래
허공을 가르는 소의 울음이 있는 곳
산등성 으악새 몸짓으로 손짓하는 고향은 멀어도
백세 노모를 모시고 생활하는 그는
노송의 솔향기가 묻어 흐른다

이장유

−평생교육원 원장

햇살이 가득 담긴 사무실
사업과 학문을 구상하고 연구하는 그는
자신의 사상과 지식을 가슴에 담아
꽃을 피운 학문을
후학들에게 길을 열어주고자 노력하는 모습이
오곡이 익어가는 가을 햇살처럼 강렬해 보인다

한때는 삭발하고 수행자를 그리워했지만
지금은 대구 달서구에 경제인으로 활동하는 그는
화창한 봄날 꽃피는 향기에 벌과 나비 날아든 듯
많은 사람들이 그를 따른다

부모님 정도 그리워할 시기에 나오는
육군 논산훈련소 호국 연무사에
한솥밥을 먹고 군복무를 한 그는
슬픔과 절망도 온몸으로 끌어안고
기쁨으로 행복을 찾는 법우이다

스스로 여과시켜
자신을 잠재우는 그는
남의 일을 가지고 살아가는 품성이
어느 수행자의 발걸음처럼 믿음직해 보인다

이종백

—전 대구 관세청 국장

비슬산 뿌리 내린 달구벌 땅에
성장한 그는 영남대학교를 나와
국가 공무원으로 입문한 뒤
대구 관세청 국장까지 하였으며
공직자로서는 출세한 셈이다

올바른 신념과 성실함을 자랑하는 그는
경북 청도에 조그마한 텃밭을 일구어
나무 심고 씨앗 뿌려 가꾸어 나가는 모습
인간미에 묻어 흐르는 향기를 맛보는 듯하다

이제 님의 발자국 소리에 문풍지 떨리듯
남은 길을 보듬고 걸어가는 그는 내 친구다

배려를 으뜸으로 세우며 보듬고
순리대로 어우르는 그는
지내온 길은 불꽃이 사그러드는 모습을 지우고자
부처님 경전을 공부하고
마음을 다잡고 세월의 흐름에 순응하는 걸음걸이가
부처님도 참 좋아하시리라 믿는다

이한동

바른 길로 간다라는 좌우명을 가진 그는
서울지법 판사 부장검사 재직시에는
일도(一刀)라는 별명을 얻기도 하였다

국민에게 사랑받지 못한 정치인은
미움의 대상이지만 어려운 싸움에 승리한 그는
경기 포천 국회의원에 당선되어 정치에 입문하였다

민정당 사무총장, 내무부장관, 한나라당 대표 최고위원
자민련 총재, 국무총리
입법부와 사법부 행정부를 두루 거친 그는
경력만도 눈보라 속 참아내고 이른 봄 화려한 매화꽃 향기였다

한때는 북한산 망월사(주지 춘성 큰스님)에서
고시공부를 하였으며 육이오 전쟁시에는
충남 예산 화암사(추사 김정희 생가 옆)에서
피난 시절 모두가 지난 세월이 담긴 추억인 것 같다

기나긴 세월의 흔적을 고스란히 품고 있는 그는
파도처럼 왔다 사라지는 세월에 순응하며
즐겁고 아름다운 인생을 배우게 해 준다

장홍열

-예비역 육군 중장, 전 조달청장

오대산은 예부터 소금강산이라 부르며
구룡폭포 떨어진 물이 연곡천에 젖어 흐르니
세월 잊은 은어떼가 한가로이 노닐고 있다
뭇 시인들이 쉬어가는 관동팔경 중 하나인
경포대가 보름달빛 아래 호수에 젖어드는 고장
강원 강릉이 그의 고향이다

민족의 비극인 육이오 전쟁시 단신단몸으로
부산으로 피난간 시절 생활이며
서두르지 않고 끊임없이 걷는 그는
육군사관학교를 졸업하였다

육군 전후방 주요 보직을 두루 수행하였으며
병과로는 최고 계급장인 육군 중장을 달고
국방부 조달본부장으로 전역하였다
그 후 정부 조달청장직을 최장수로 근무하시고
공직생활을 마감하였다

강직한 성격에 어느 누구와도
유혹의 검은 손길을 뿌리친 성격이지만
높은 산에 혼자 서 있는 나무는 바람에 흔들려

외로워 보이지만 소멸된 바람 속에
뿌리 내린 나무는 더욱 든든해 보인다

이제 놀랍고 부러운 꿈을 다 사르며
살아가는 그는 보이지 않는 향기가 젖어 흐른다

정하철

—안중근 의사 숭모회 상임이사

성실 노력 하나로 국가 공무원으로 입문한 뒤
대구 보훈청장 서울 보훈청장
국가보훈처 핵심 보직을 두루 거쳐
공직생활을 마감하였다

태풍 앞에 놓인 촛불 같은
나라를 구하기 위해
육이오 참전용사 아버님
시골 장터 국화빵 구워 팔던 어머니 곁에
빵 조각 주워 먹다 졸던 시절
향기 넘치는 눈물이랍니다

동구 밖 철로길 간이역(봉죽역) 있어
기적소리 들리고
태양이 이글거리는 금호강
물장구 치고 놀았던 일이며
닭 토끼 먹이 찾아 개구리 잡고
풀피리 꺾어 불던 시절
작은 교회 새벽 종소리 들으며
십리길 초등학교 다니던 곳이
그의 고향이자 자란 곳이다

자기 신앙을 좀처럼 자랑하지도 않고
드러내지도 않는 그는
기도와 찬송으로 꽃을 피우고 있으며
가슴으로 타들어가는 많은 사람들에게
촉촉하게 적셔주는 느낌을 심어주고 있다

최명준

—전 불교방송국 사장

천년고도 역사를 간직한 경주 땅을
가슴에 품고 있는 그는
멀리 있어도 가까이 있는 마음이 아름다워 보인다

대학시절 방학 때는
경남 울산 문수암으로 가서 수행하였고
불보종찰 통도사 큰 스님이신
조용명 스님 문하에서 공부하였다

육군 군종 법사로 임관하여
장병들의 가슴에 어둠을 밝혀 주셨고
육군 제3사관학교 초대 법사 재직시
충성 호국사를 창건하였다
육군 삼군사령부 군종법사(중령)로 전역한 그는
대한불교진흥원 사무국장 불교방송국 사장을 역임하였다

지금은 땀 흘려 가꾼 열매를 맛보는 그는
남은 세월 한 자국 한 자국 걸음걸이가
깊은 강물이 흘러가듯 넉넉해 보인다

허영문

—텍스제닉 대표

양반 고을이자 천년고도 도시
속살을 안고 자란 그는
경북 경주가 그의 고향이다

강직한 그 몸 속에는 솔바람 소리가
앙상불을 이르는 명품이 있는 듯하고
성격은 비바람에 흔들리지 않는
주춧돌로 집을 짓는 듯하다

그가 경영하는 회사는 작아 보이지만
호수가 하늘을 품듯
변함없는 태양 아래
꽃피고 열매 맺어 영글어 가듯
세월이 계절을 굴린 듯 빈틈이 없어 보인다

정직과 부지런함이 깊은 믿음이
흠뻑 젖어 있어 어느 수행자처럼 보이고
그의 얼굴은 마르지 않는
깊은 산골 샘물처럼 맑아 보인다

허창수

―GS그룹 회장, 전국경제인연합회 제33대 회장직을 수행하고 있다.

믿고 화합하지 않는 사회는 불행하다
믿음과 화합으로 놀라운 기적을 이룬 기업이 있다

LG그룹과 GS그룹은 두 집안 선대(先代)가
1947년에 동업으로 창업하여 3대에 걸쳐 57년간
믿음과 화합으로 일으켜 세운 자랑스러운 기업이다

그 믿음과 화합을 몸으로 익히고 배운 허창수 씨는
2004년부터 GS그룹을 이끌어 가는 총수가 되었고
사회적 책임을 다하는 모범 기업으로 만들었다

함께하지 못한 소외계층의 자립기반 조성을 위해
사재를 출연하여 남촌재단을 설립하였고
사랑 나눔을 실천한 그의 큰 공적이 인정되어
미국 경제전문지가 아시아 이타주의자로 선정했다

무엇보다 약속시간을 철저히 지킨다는 사람
걷기를 좋아하여 축구를 남달리 사랑하는 사람
인재를 중시하는 인화경영과 투명한 경영으로
사회적 책무를 다하려는 모범기업의 총수

그는 오늘도 더불어 사는 행복한 세상을 만들기 위해
어깨를 부딪치며 쉬지 않는 걸음을 걸을 것이다
어둠을 걷어내는 새벽시장의 상인들처럼
우리들의 밝고 빛나는 미래를 열어갈 것이다

허홍구

—시인, 전 요식업 중앙회 홍보국장

한반도 역사상
한 번도 정복당하지 않았다는 영남의 영산
수기(水氣) 지기(地氣)가 뭉쳐진 팔공산 정기를 담고
태어난 그는
한 번도 고향을 잊어본 적이 없는 시인이다

성격은 금호강 맑은 물줄기 민풍을 담아
낙동강으로 찾아 흐르는 듯하면서도
때론 잔잔한 파도처럼 밀어내기도 한다

어두웠던 지난 세상 웅변으로 정화시켜 가고자
노력도 하였고
정치란 변화무상(變化無常)하지만
옷깃을 적셔본 적도 있는 그는
국민의 먹거리를 꽃피우기 위해
(사)요식업 중앙회 국장으로 재직하면서
중요한 홍보를 책임지고 이끌어갔다

이제 젊은 시절 무거웠던 일은 모두 내려놓으려 하고
그동안 세월이 가져다 준 열매를 보듬으면서
또 무슨 불멸(不滅)의 시심(詩心)을 구상하고 남길는지……

황연갑

―전 마산 몽고간장 대표

높은 산 깊은 골 계곡물 힘이 넘쳐
여유롭게 흐르는 남강

겹겹이 황혼만 질펀한 강변 언덕 진주성
논개의 숨소리 들리는 촉석루 너머 열리는
하늘과 별이 빛나는 진주
그의 고향이자 자란 곳이다

일본 강점기시대 사찰이었던(서울 중구 초동) 건물은
마루바닥 밑에는 피난민의 가정집이었고
위에는 대학기숙사(기원학사)에 몸담았던 시절
모두가 지난 세월이 가져다주는 추억의 그림자였다

불교학을 전공한 그는
일찍이 산업전선에 몸담아
마산 몽고간장에 젊음을 바쳤던 그는
행복 간장을 만드는 데
선두자로 자리잡기도 하였다

지난 세월이 가져다 주는 그는
얼굴빛이 팔학년 삼반답지 않게

뭉클한 눈물빛이 얼비치는 사람냄새가 풍기며
많은 사람들이 모여들고 있다
흘러가는 세월을 더듬는 참 아름다운 노을이다

인연 혹은 불교적 상상력

─허남준의 시세계

유한근
(문학평론가 · 디지털서울문화예술대학교 교수)

1.

시인 허남준의 시세계는 다분히 불교적이다. 불교를 모티프로 하는 반면, 불교의 이속성과는 다르게 현실에 대한 관심이 지대하다.

불교는 현실 초극의 종교이며, 초역사, 초시대성을 지닌 영원의 종교라는 측면에서 범속한 문학의 속성으로 끌어내릴 수 없다는 사고가 불교와 문학의 단층을 견고히 한다. 사회 · 역사의 흐름에 대응하는 신축성의 약화로 불교는 은둔의 종교로 인식되었고 이를 입증이라도 하듯이 수행의 한 방편인 선이 표상적으로 이를 뒷받침해 주고 있는 작금이다.

특히, 불교의 현실 참여 문제를 거론하는 데 있어 간과할 수 없는 문제가 있다. 그것은 불교가 인간 자각에 의한 내면적인 진리라는 점, 즉 불교는 역사나 사회 등 범속한

규정으로부터 일탈하여 현실적 국면에 있어 어느 시대, 어느 인간 무리들에게 있어서도 공통적으로 적용되는 불변의 내면적 진리라는 점이다. 이 점이 곧 불교의 초월성과 초역사성을 의미한다. 불교의 진리는 변증법적 발전 양상과도 무관하며 현실 순응의 논리에 꼭 부응할 절대적 가치를 지니고 있다는 것이 그것이다. 이런 측에서 볼 때, 불교의 시대 역사와 조응은 무가치한 것일 수 있으나 인간의 실천 방식에 있어서의 그것은 사회나 역사 현실에 적용될 수밖에 없는 점이 있다.

그뿐 아니라, 불교는 인간주의적인 종교이며 신과 인간을 경계로 나누지 않는 종교이다. 인간에 대한 탐색을 통해서 인간의 본질이 무엇이며 삶의 본체 해명에 적절하다는 점에서 불교와 문학이 만나는 것이다.

이를 전제로 하여 시인 허남준의 시 공간을 탐색한다.

세월이 바람을 몰고
흙이 날아와
젊은 태양이 계절을 갈아입는
푸른 초원 넓은 들녘 풀꽃 하나
홀로 피어 긴긴 사연을 풀어내며
생각에 잠기는데…

바람에 꽃향기 휘날리니
벌과 나비 날아와
온몸으로 부비며 놀다가

날아가 버리니
황홀한 순간은 꿈으로 사라진 듯
그리움은 가슴마다 채워지는구나

아름다운 꿈을 싣고
피운 꽃잎도
세월의 바람을 이기지 못하고
소리 없이 떨어지는 순간
가슴 속 따뜻하게 품어준 땅
다음 인연을 기다리며
보듬고 감싸 안는구나

– 시 〈풀꽃〉 전문

위의 시 〈풀꽃〉은 '풀꽃'을 벌과 나비와의 인연으로 꽃을 피우고 그리움만 가슴에 채우는 존재로 인식한 시이다. 그리고 그 존재의 소멸을 '땅'으로 돌아가는 존재로 인식한다. 자연의 순환원리를 풀꽃으로 형상화한 순수 서정시이다. 그리고 미학적 상상력으로 쓴 시이다. 그러나 이 시를 불교적인 인식 논리로 볼 때 그 시는 단순한 자연 친화로만은 볼 수 없다. 불교적인 인식이라는 국면으로 그 깊이는 달라질 수 있기 때문이다.

불교에서는 말한다. 불교에서는 "마음에 의해 온갖 존재(현상)를 만들고, 마음에 의해 과(果)를 초래하는 것인 바 그 마음은 인연(因緣)을 따라 생기(生起)한다"(佛法集要經)고 말하고 있다. 그리고 "연(緣)이 있으면 업(業)이 있고, 연이 있으면 생각이 생긴다"(佛母出生經)고 말하기도 한다. 원인이 있으면 결과가 있다는 일반 논리를 불교 인식으로 말하고 있는 것이다. 또한 "마치 달 속에 여러 가지 물체의 모습을 보는 것과 같아서, 이 무실(無實)하건만 분별(分別)함에 따라 그것이 일어난다. 분별하는 까닭에 분별하는 마음이 생기는 것이다"(大乘破有論)라고도 한다. 이는 곧 불교 인식이 없으면 위의 〈풀꽃〉이라는 시는 가능해지지 않는다는 말과 다르지 않다.

이 시를 불교적 상상력으로 확대하는 이유는 시인 허남준의 시들이 다분히 불교적이라는 점 때문이다.

그러나 일별해 본 허남준 시인의 시는 불교 인식을 존재양식을 통해서만 표현되는 것이 아니라, 관계양식으로도 인간의 삶을 해명하고 있다. 그 하나의 예가 시 〈열쇠전망대〉와 같은 일련의 시들이다.

햇살이 흐르는 북녘 땅 마장리 마을
하염없는 생각 사이로 고요한데
맑고 시린 찬 이슬이 풀섶에 맺힌
복개 평야엔
조국을 지키다 산화한 장병들
한 맺힌 절규
한량없는 이 시공(時空) 속에
맑은 이슬이 가슴에 맺혀 흐르고
갈갈이 찢어 타오르는 총성이
소슬바람 소리와 함께

쟁쟁이 귓가에 들려온다

멀고도 가까운 북녘 땅 효성산
핏빛 노을이 마지막 숨을 거두면
전쟁이 스치고 간 비켜온 나날들
힘 앗아 짊어낸 젊은 영혼들
몸부림치는 눈빛이
적막강산에 떠오르는 달처럼
굽어보기도 하고
바람결에 실려온 풀벌레
울음소리도
한동안 생각에 잠긴다

– 시 〈열쇠전망대〉 전문

　위의 시 〈열쇠전망대〉는 역사・사회적 상상력으로 쓴 사회적 관심을 보인 시이다. 분단현실에 대한 인식을 그대로 드러내기보다는 미학적인 상상력으로 승화한 시로 이해해야 할 것이다. 대개의 분단현실 인식으로 쓴 시의 경우에는 그대로 메시지를 진솔하게 드러내어 사회참여시 혹은 민중시 계열로 나아가지만, 시 〈열쇠전망대〉는 한국전쟁으로 인한 숭고한 죽음, 우리의 젊은 영혼을 "적막강산에 떠오르는 달처럼"으로 비유하고 있다. 우리 민족의 이상과 꿈을 표상하는 것처럼 우리의 가슴에 가득 찬 울음소리를 환기하고 있어 순수시로서의 면모를 지키고 있다고 할 수 있을 것이다.

이렇듯 시인 허남준은 순수시와 민중시를 변증법적으로
합일하여 시의 본령을 지니고 있는 시를 쓰는 시인이다.
불교의 상구보리(上求菩提) 미학과 하화중생(下化衆生) 미학을
시로써 성취하고 있는 셈이라 할 수 있을 것이다. 상구보
리 미학은 인간과 삶의 해석을 존재양식으로 실천하는 순
수시라 한다면, 하화중생 미학은 인간의 관계양식을 통해
실천하는 사회참여시 혹은 민중시의 성격을 가지고 있다
고 할 수 있다. 이 양자의 대척적인 성격을 불교시를 통해
가능한 지평을 열고 있는 셈이다.

　　마지막 남은 잎이
　　한 잎 두 잎 떨어지고 있는 계절이 가면
　　가지 사이 끝에 걸린
　　저녁 붉은 노을 속 해는
　　하루를 가슴 속 담아
　　마지막 불태우고 있다

　　섞바뀌는 계절의 길목에 선
　　강가의 갈대숲은
　　세월을 벗어나지 못하고
　　푸른 하늘을 바라보며
　　흰 백발은 바람에 휘날리고
　　어둠 사리가 끼이면
　　청둥오리가 떼를 지어 날아간다
　　이윽고 풀벌레 울음소리 들리면

가고 오고 오고 가는 세월의 흐름에 앉아
생각하는 마음은
내 아직도 중생의 마음이란 집착에서
벗어나지 못한 탓이리다

- 시 〈가을과 겨울의 길목〉 전문

이 시 〈가을과 겨울의 길목〉의 키워드는 '집착'이다. 이 시의 마지막 구절인 "내 아직도 중생의 마음이란 집착에서/ 벗어나지 못한 탓"이라는 불교적인 메시지를 "마지막 남은 잎이/ ……/ 마지막 불태우고 있다"는 낙엽의 감성적 이미지로 전달한다. 또한 "강가의 갈대숲은/ 세월을 벗어나지 못하고/ ……/ 흰 백발은 바람에 휘날리고" 있다는 자연의 현상을 빗대어 자신의 집착하는 마음을 표현하고 있는 것도 그것이다. 모든 것을 내려놓고 사는 삶이 불교적 지혜로운 삶임을 인식하면서도 중생의 마음을 가지고 사는 시인 자신과 보통 사람들의 집착하는 마음을 환기해 주고 있어 불교시로서의 하나의 지평을 보여주고 있어 주목된다. 바로 하심(下心)의 미학을 감각적으로 표현한 시이다. 하심(下心)의 미학을 보여 주목할 만한 또 다른 한 편의 시는 〈무상을 넘어서〉이다.

영혼이 잠들지 못한 계절
무수히 별빛이 쏟아 내리는 밤
고뇌의 사슬은 점점 깊어만 가는데……

눈부시게 새벽은 밝아오면
풀잎에 이슬 맺히고 물들어 가는 단풍잎은
세월의 바람을 비켜가지 못하고
언제나 그리운 따뜻한 고향 땅 위
한 잎 두 잎 떨어지는 숨소리에
괴로움도 즐거움도 모두 놓으려는
그 자리엔
생사(生死)의 고난은
이미 없어진 것 같다

– 시 〈무상을 넘어서〉 전문

이 시 〈무상을 넘어서〉는 고뇌 극복의 시이다. 불교는 인간의 고(苦)를 초월하기 위한 종교이다. 생로병사의 고통으로부터 일탈하기 위해 마음을 다스리는 종교가 불교다. 우리의 모든 악업은 탐(貪)진(瞋)치(痴)로 인해 쌓이게 된다. 생로병사 그 자체가 고통이듯이 탐진치도 인간의 고(苦)의 근원이 된다. 그러나 위의 시 〈무상을 넘어서〉는 고통 중에서 가장 큰 생사의 고난을 없애는 그 과정을 "풀잎에 이슬 맺히고 물들어 가는 (고향의) 단풍잎"에 대한 인식을 통해서 가능함을 보여주고 있는 시이다.

무상(無常)은 일정하게 정해지지 않고 늘 변함을 의미한다. 모든 것이 아무 보람도 없이 헛되고 덧없고, 모든 현상이 한결같이 그대로인 것이 없음을 의미한다. 이러한 불교적인 깊은 인식을 통해 고통을 인내하고 극기하는 삶의 모습을 고향의 단풍잎을 통해 깨닫는 시이다.

2.

허남준 시인의 이번 시집에는 사찰 순례시, 그리고 불교 사적 순례의 시들이 상당수 차지하고 있다. 우리나라의 사찰은 물론이고 인도성지와 스리랑카성지 순례, 중국 관음성지 순례의 시들이 따로 따로 묶여져 있다.

하늘이 차츰 가라앉아
숨소리 무거워지고
서산에 넘어가는 햇살이 아쉬워
물들어 가는 나뭇잎이 손을 흔든다

무슨 인연으로 지내다가
하늘 저쪽에서 오고 있는 발자국 소리
돌아오지 못할 길 뒤돌아보다가
떠나가 버린 사람아
세월은 그만한 걸음으로 가고 있는데
멀고도 가까운 하늘 아래 들리는 독경소리
눈 뜨고 감음이
어이 나만의 뜻대로던가

– 시 〈고심사 영탑〉 전문

위의 시 〈고심사 영탑〉은 불의의 사고로 이 세상을 떠난 영을 모신 고심사 영탑을 모티프로 한 시이다. 고심사는 충북 음성에 있는 고찰로 영을 모신 탑으로 유명한 사찰이다. 이 시는 1연에 죽음과 이별의 무겁고 아쉬운 이미지를 그리고 있고, 2연에는 고심사 영탑에 모신 특정한 "떠나가 버린 사람"과의 인연과 그로 인한 회한을 불교적 인식으로 승화시켜 "눈 뜨고 감음이/ 어이 나만의 뜻"이 아님을 환기하는 시이다. 특히 "하늘 저쪽에서 오고 있는 발자국 소리"나 "멀고도 가까운 하늘 아래 들리는 독경소리"와 같은 표현 구조는 감각적으로 주목되는 부분이다.

이와 함께 일련의 인도성지 순례 연작시는 부처님의 발자취를 따라가면서 불교 교리, 당대의 문화역사, 그리고 그 여정의 정취를 그리고 있다. 여기에서 시로서 중요한 부분은 그 여정의 정취일 것이다.

부처님께서 탄생하신 룸비니 동산은
보리수나무가 증명하는 듯하고
마야 부인이 목욕하셨다는
성스러운 연못은
억겁 속 흐르는 물이 꿈꾸듯
그리움만 더해가고
아쇼카 왕이 특별히 내린 면세령이 새겨진
아쇼카 기둥은
지난 세기의 흐르는 역사 앞에
증명이라도 하듯
순례객들의 간절한 염원 속에
하늘 높이 바라보며
따스한 햇살이 비추어지고
세존의 탄생하신 자리엔

수정 같은 밝은 빛이 어둠을 헤치고
영원한 빛으로 이어져 오는 듯
법의 향기가 솟아 흐른다

– 시 〈룸비니〉 전문

　시 〈룸비니〉는 부처님 탄생의 의미를 이미지로 형상화한 시이다. 이 시의 후반부가 그것이다. "세존이 탄생하신 자리엔/ 수정 같은 밝은 빛이 어둠을 헤치고"에서 어둠을 헤치는 밝은 빛, 그리고 영원한 빛과 법의 향기가 부처님의 탄생 의미이며, 그 표상이 룸비니라는 공간으로 나타나는 것이다. 그 성지를 빛과 향기로 표현하고 있는 것이다.

히말라야 산맥 높은 고지엔
깊고 준엄한 계곡마다
허물어진 상처만 가득하고
티벳 망명정부 정착한 다람살라
뿌리 없는 물속처럼 깊어 가는데
나라 잃은 맺힌 인연 풀 길 없어
가슴 깊이 파헤치고
솟아나는 눈물 빛이
원수의 숨결에 내보이는
자비의 손길이 보인다

겹겹이 쌓인 봉우리마다
영혼이 잠 깨어 홀로 있는 듯하고

가슴 출렁이는 망명정부 난민들은
얻는 것도 잃는 것도 더 없는데
벙어리 가슴으로 하늘을 바라보니
손꼽아 기다리는 세월이
그리움에 젖어 울지도 못한다
- 시 〈티벳 다람살라 · 2〉 전문

위의 시 〈티벳 다람살라 · 2〉는 티벳 망명정부가 정착한
곳 '다람살라' 라는 공간이 가지는 의미와 이미지, 그 여정
속에서의 시인 자신의 내면 모습이 잘 어우러진 기행시이
다. 망명정부 난민들의 마음을 자기화한 부분이 돋보인다.
"얻는 것도 잃는 것도 더 없는데/ 벙어리 가슴으로 하늘을
바라보니/ 손꼽아 기다리는 세월이/ 그리움에 젖어 울지
도 못한다"가 그것이다. 얻는 것도 잃는 것도 더 없는 무소
유의 사람들. 그 사람들의 한 맺힌 인연과 자비, 그리고 고
통을 자기 것으로 형상화한 시이다.

잡힐 듯 바라보는
미힌탈레 바위언덕
아쇼카 왕의 아들 마힌다 왕자로부터
부처님 법을 전승 받은 곳으로
미힌탈레는
그리움을 신화로 쌓아 올리고
휘청이는 풍경으로 비켜선
참배객들은 1840계단을 밟으며

옛 그리움의 불법의 자취를 찾아
하늘 위에 그리어진 듯한
정상까지 도달하기 위해
업보의 땀방울을 흘리면서
성지를 둘러보고 나앉는다

– 시 〈미힌탈레〉 전문

위의 시 〈미힌탈레〉는 스리랑카 성지 순례시(詩)이다. 미힌탈레 바위언덕의 의미, 특히 불교 역사적 의미와 함께 1840계단을 오르는 참배객의 "업보의 땀방울", 그리고 "옛 그리움의 불법의 자취"를 느끼게 되는 시이다. 하나의 기행시 혹은 성지 순례시에 대한 하나의 정형을 보여주고 있는 시라 할 수 있을 것이다.

삼국시대 오나라 손권이 어머니를 위해
창건된 사원은
세월의 무게만큼
겹겹이 황혼만 질펀하고
지내온 날들을 회상하게 한다

세월이야 권한 밖이지만
염연한 지표로 남은 용화탑은
몇차례 흩뜨림 없이 뼈를 맞춰
이제 허물어진 기억은 찾을 수 없고
알맞은 그리움으로 남아

장구한 역사의 이정표로
증명하려 한다

잡힐 듯 바라보는 탑 꼭지엔
불법의 빛은 무너뜨릴 수 없고
탑을 쌓아올린 사람은
역사의 뒤안길로 쓸려 갔지만
발 끝까지 들려오는 진동은
밤낮없이 홀로 외로움으로
갇혀 있는 듯하다

- 시 〈상해 용화사〉 전문

위의 시 〈상해 용화사〉는 중국 관음성지 기행시다. 이 시
에서도 역시 상해 용화사에 얽힌 문화역사와 함께 세월의
무게, 그리움과 외로움, 그리고 불법을 시인 허남준은 성
지 순례시의 한 전형성으로 보여준다. 그러나 세월의 흐름
으로 인해 허물어진 기억을 "알맞은 그리움으로 남"는다
는 표현은 그냥 지나칠 수 없는 시 구절이다. 또한 "발 끝
까지 들려오는 진동은/ 밤낮없이 홀로 외로움으로/ 갇혀
있는 듯하다"는 표현 역시 그냥 간과할 수 없는 표현이다.
애써 꾸미려 하지 않으면서 자연스럽게 흘러나오는 담백
한 표현은 독자의 마음을 편안하게 한다.
　이 시집의 제6부 '인연에 얽힌 풍경소리'로 묶여 있는
일련의 시들은 시인과 인연이 있는 분들에 대한 탐색의 시
이다. 고은의 연작 대작시인 〈만인보〉처럼 인물 하나하나

에 관한 인식의 시인데, 이들의 시적 대상은 '불교인' 들이다. 이들 작품 중 눈에 띠는 시는 〈권오현〉과 〈박근혜〉라는 시이다.

대중불교 운동에 젊음을 바쳤던 그는
(재)대원정사 이사, (사)대원회 이사장을 역임하였고
(재)대한불교진흥원 사무국장
불교방송국 전무로 마감하였다

육군 초대 군종 법사로 임관한 뒤
주월 백마부대에 파견된 그는 전선에 불안한
장병들의 정신적인 등불이 되어 주기도 하였다

지금은 충북 음성 고심화 보살님이 창건한
고심사에 머무르며 지난 힘든 일 모두 내려 놓으려 하며
남은 세월은 바람에 몸을 맡긴 풍경소리에
소멸시켜 가고 있다

나와 함께 그림공부를 할 때는
좀처럼 속마음을 내보이지 않는 그는
선후배 정에 젖어 흐르고
화합을 중요시하는 마음은
북한강 남한강이 조화롭게 흘러가듯
풍요로워 보인다

– 시 〈권오현〉 전문

위의 〈권오현〉이라는 시가 보통 독자들에게 무슨 의미가 있을까, 의혹해 하는 사람도 있을 것이다. 창작의 대상이 된 한 인물에 대한 탐색이 보편적인 문학, 특히 시의 모티프로서의 가치가 있을까 하는 그 비중에 대한 의혹이 그것이다. 특정한 한 인물에 대한 문학적 탐색이 보편적으로 인간 탐구 혹은 인간 탐색을 통한 본질 해명이나 본체 규명이 있어야 그 가치를 인정받을 수 있기 때문이다.

위의 시 〈권오현〉의 대상인물 권오현과 시인 허남준과의 개인적인 친분에 대해서는 독자의 경우 관심이 없기 일쑤이다. 그러나 '권오현' 이라는 사람의 자연인으로서의 삶의 모습이 우리의 삶의 모습으로 투영될 때 독자들은 관심을 갖게 된다. 예컨대 "지금은 (…)/ 고심사에 머무르며 지난 힘든 일 모두 내려놓으려 하며/ 남은 세월은 바람에 몸을 맡긴 풍경소리에/ 소멸시켜 가고 있다"는 시적 대상의 삶이 우리의 삶과 조응되면서 보편적인 삶의 가치를 환기하게 될 때 그 시의 가치는 인정된다.

나는 자연인으로서 허남준 시인을 알지 못한다. 시를 통해서 접한 것뿐인데, 그는 불교인이다. 그리고 천생 시인인 것만은 분명하다. 따라서 불교문학적 삶을 살 것이라는 확신을 갖게 하는 시인이다. 그러나 한 편의 시 〈대나무 꽃〉이라는 시를 통해 나는 허남준 시인의 새 면모를 보게 된다. 일반적으로 '대나무' 는 선비정신, 지조와 절개 등을 표상하는 이미지로 인식하고 있다. 그러나 허남준의 시 〈대나무꽃〉은 다르다.

평생에 한 번 필까 말까 하는
대나무꽃은
아주 알맞은 계절
단조롭기만
당당한 가슴으로 붉게 피지만
꽃구름은 나직히
푸른 숲 속을 퍼지르고 있네

한겨울 눈보라 속
꺾이지 않고
푸른 잎으로 지켜 온
굳은 신념이지만
남에게 불필요한
고통을 주기보다는
비록 자신은 죽어가지만
홀로 피어 홀로 지는 것을 알고
열매를 맺는 것이다

- 시 〈대나무꽃〉 전문

이 시에서 주목해야 할 부분은 "남에게 불필요한/ 고통을 주기보다는/ 비록 자신은 죽어가지만/ 홀로 피어 홀로 지는 것을 알고/ 열매를 맺는" 대나무꽃. 그 대나무 꽃 같은 인물이 시인 자신은 아닐까. 나는 대나무에 대한 인식을 이렇게 하고 있는 분을 본 적이 없다. "푸른 잎으로 지켜 온/ 굳은 신념"인 대쪽 정신, 즉 선비 정신을 대나무를 통해 다시 환기하게 되지만, 허남준 시인이 추구하는 대나무 꽃 같은 정신은 불교시인이기 때문에 가능한 것은 아닐까?

요컨대, 시인 허남준은 우리 불교시의 새로운 지평을 여는 여러 방편을 제시해 줄 것은 물론이고, 사물이나 사상(事象)에 대한 불교적 인식과 상상력으로 위의 시 〈대나무 꽃〉처럼 불교적 상상력의 무한함을 보여줄 것으로 기대된다. 불확실성 시대에 이러한 우리의 기대는 어쩌면 자명한 사실일 것이다.

허남준 제5시집

인연에 얽힌 풍경소리

•

지은이 / 허남준
펴낸이 / 김재엽
펴낸곳 / 한누리미디어
디자인 / 지선숙

•

121-840, 서울시 마포구 서교동 395-13 서원빌딩 2층
전화 / (02)379-4514, 379-4519
Fax / (02)379-4516
E-mail/hannury2003@hanmail.net

•

신고번호 / 제300-2006-61호
등록일 / 1993. 11. 4

초판발행일 / 2012년 9월 15일

•

ⓒ 2012 허남준 Printed in KOREA

•

값 12,000원

•

※잘못된 책은 바꿔드립니다.

ISBN 978-89-7969-429-1 03810

인연에 얽힌 풍경소리

인연에 얽힌

풍경소리